Antonia S. Byatt
Der verliebte Dschinn

Aus dem Englischen von
Melanie Walz

Insel Verlag

Originaltitel: *The Djinn in the Nigthingale's Eye*
London: Chatto & Windus 1994

Erste Auflage 1995

Satz: LibroSatz, Kriftel
Druck: Ebner Ulm
Printed in Germany

Der verliebte Dschinn

Für Cevat Çapan

Vor langer, langer Zeit, als Männer und Frauen auf metallenen Schwingen die Lüfte durcheilten, als sie mit Schwimmhäuten an den Füßen auf dem Meeresboden wandelten und die Sprache der Wale und den Gesang der Delphine entziffern lernten, als hellhäutige, juwelengeschmückte Erscheinungen texanischer Hirten und Huris in der Abenddämmerung nicaraguanischer Hügel erstrahlten, als man in Norwegen und Tasmanien mitten im Winter von frischen Erdbeeren, Datteln, Guaven und Passionsfrüchten träumen konnte, um sie am nächsten Morgen auf dem Tisch vorzufinden, lebte eine Frau, die weitgehend unbedeutend und somit glücklich war.

Ihr Gewerbe war das Geschichtenerzählen, doch war sie keine kluge Königin, der das Leichentuch in der Morgendämmerung drohte, noch war sie ein Naquibolmalek, der einem Schah die Pforten des Schlafs zu öffnen hatte, noch ein Ashik, ein Minnesänger, der von Mehmet dem Eroberer und der Plünderung von Byzanz sang, noch ein heiliger Derwisch in kurzen, enganliegenden Hosen und mit enganliegender Kappe, der eine Axt oder eine Keule schwang, deren Schatten gar schrecklich anzusehen waren. Sie war kein Meddah, der am osmanischen Hof oder in den Kaffeehäusern am Markt unglaubliche Geschichten erzählte. Sie war nichts weiter als eine Erzählforscherin, eine Narratologin, ein Wesen von zweitrangiger Bedeutung, das seine Tage in großen Bibliotheken zubrachte, wo es die Märchen der Kindheit und die Wodkareklamen der Erwachsenenwelt, die unendlichen Liebesgeschichten goldener Kaffeetrinker und die erschwerten Paarungen von Ärzten und Krankenschwestern, Herzögen und armen Waisen, Reiterinnen und Musikern im Kristall sah, interpretierte, deutete. Hin und wieder flog sie auch. In ihrer ärmlichen Jugend hatte sie angenommen, daß das Gelehrtenleben trocken, statisch und staubig sei, doch inzwischen wußte sie es besser. Zwei-, dreimal im Jahr flog sie in fremde Städte, nach China, Mexiko oder Japan, nach Transsylvanien, nach Bogotá und in die Südsee, wo Narratologen sich wie Stare versammelten, wie gelehrte Vogelschwärme, die einander Geschichten über Geschichten erzählten.

Zu der Zeit, da meine Geschichte einsetzt, war das grüne Meer schwarz und glatt wie die Haut eines Killerwals, und seine trägen Wellen brannten, von tanzenden Flammen und einem großen Vorhang stinkenden Rauchs bedeckt. Der leere Wüstenboden war mit menschlichen Schädeln und eisernen Kanistern tödlichen Inhalts übersät. Unsichtbar kroch das Verderben von Düne zu Düne. In jenen Tagen fürchteten sich Männer und Frauen davor, in den Nahen Osten zu fliegen – auch die Narratologen, und ihre Versammlungen fanden seltener statt. Dennoch befand sich unsere Narratologin, die Gillian Perholt hieß, zwischen London und Ankara in der Luft. Wer weiß, ob sie reiste, weil sie als robuste Engländerin einfach nicht glauben konnte, daß man sie vom Himmel herunterschoß, oder ob sie der Vorstellung von der Reise über die Wolken, über die Minarette Istanbuls, und der Verlokkung, das Goldene Horn, den Bosporus und die einander gegenüberliegenden Küsten Europas und Asiens zu sehen, nicht widerstehen konnte. Gillian Perholt beruhigte sich mit dem Gedanken, daß das Fliegen, rein statistisch gesehen, sicherer war als jede andere Art des Reisens, ganz gewiß zum gegenwärtigen Zeitpunkt, höchstens ein bißchen weniger sicher, rein statistisch gesehen.

Sie hatte eine Bezeichnung für die geheimen Freuden des Fliegens ohne Begleitung, die sie in Gedanken wie einen Zauberspruch aufsagte, als das große, silbrige Luftschiff sich von seinem Nabelschlauch in Heathrow löste, wie ein Albatros über die Rollbahn rumpelte und abhob, durch graue Schleier englischen Regens, durch eine wattige, stahlgraue englische Wolkendecke, durch ein Universum von Nebelschwaden, die in Streifen und Fetzen an ihrem kleinen Bullauge vorbeizogen, empor in das blaue und goldene Universum über dem Grau, unwandelbar blau und golden. »Floating redundant«, sagte sie zu sich selbst, Champagner nippend und gesalzene Mandeln knabbernd, indes sich ringsum die himmlischen Gefilde breiteten, weiß und gekräuselt, glitzernd und schimmernd, rosig und bläulich dort, wo sie Schatten warfen, vom unbeirrbar hellen Sonnenlicht beschienen. *»Floating redundant«*, murmelte sie verzückt, während das Luftschiff in die Schräglage ging, um eine Kurve zu beschreiben, und die körperlose Stimme eines Mannes in der Kabine ertönte und mitteilte, über Frankreich liege ein Dunstschleier, aber er werde sich auflösen und sie würden die Alpen sehen können, wenn es soweit sei. Das Wort »auflösen« war ein ausdrucksstarker Begriff, dachte sie, indem er beschrieb, wie die Sonnenhitze Wasser – eine Substanz – zu nichts reduzierte. Ich befinde mich inmitten gewaltiger Kräfte. Ich bin der Sonne näher, als es sich jede mir vergleichbare Frau in vergangenen Zeiten erträumt haben kann. Ich kann zu ihr hinblicken und mich in der Luft halten, *floating redundant*.

Es waren natürlich nicht ihre eigenen Worte; wie ich bereits sagte, war sie ein Wesen sekundärer Art. John Milton hatte die Worte in der Blüte seines Könnens aus der Luft oder der Sprache um ihn herum gegriffen, um mit ihnen die Schönheit der ursprünglichen Windungen der schmeichelnden Schlange im Paradies zu schildern. Gillian Perholt erinnerte sich an den Tag, an dem diese Worte erstmals Gestalt angenommen und sich wohlgeformt vom Papier gelöst hatten und ihr, die kaum weniger arglos war als Eva, ins Auge gefallen waren. Da war sie als Sechzehnjährige, eine Jungfrau mit goldenem Haar, weißer Haut und geistesabwesenden blauen Augen (so sah sie sich), und da war auf dem staubigen, tintenbekleckten Pult das zerfledderte und ebenfalls tintenbekleckste smaragdgrüne Buch, obendrein aus zweiter Hand erstanden, das pflichtbewußte oder unwillige Mädchenfinger vollgekritzelt hatten, und alles erfüllte der durchdringende, eigentümliche Geruch von warmer Tinte und Linoleum und Staub, vielleicht sogar Asche, und da war es, das Geschöpf, vor ihren Augen, dreist und lieblich anzusehen.

. . . nicht, wie seitdem die Schlange,
Am Boden kriechend, sondern aufgetürmt
Zu steigendem Gewinde Ring auf Ring;
Das Haupt, gekammt und mit Karfunkelaugen,
Erhob auf grünlich goldnem Halse sich
Hoch aus des Schweifes schimmerndem Geringel,

Das üppig auf dem Rasen flutete.
Gefällig war und lieblich die Gestalt.

Und für einen Augenblick hatte Gillian Perholt ihn *gesehen*, in seiner Pracht, sich wiegend – nicht die Schlange, die Eva im Paradies erblickte, und auch nicht die Schlange, die sich in der dunklen Höhlung im Schädel des blinden John Milton erhoben hatte, sondern eine Schlange, die Schlange, die gleiche Schlange, doch gewissermaßen aus Wörtern gefertigt und sichtbar gemacht. In ähnlicher Weise hatte sie als Kind Wölfe, Bären und kleine graue Männlein *gesehen*, die zwischen ihr standen und der Sicherheit verheißenden Zimmertür oder der sonntäglichen Gestalt ihres Vaters, die im Sessel schlief. Aber ich schweife ab oder stehe im Begriff, es zu tun. Der Schlange (auch ich sah sie zu meiner Zeit) habe ich mich bedient, um Mrs. Perholts Bilanz ihres Zustands zu erläutern.

Damals hatte sie gelernt, die Wendung *floating redundant* als Beispiel für Miltons magisches Verschmelzen zweier Sprachen zu betrachten – »floating«, ein Wort germanischen Ursprungs, das sich auf Fluten bezog, mit »redundant«, einem komplizierten Wort lateinischer Herkunft, das sich auf Überfülle bezog. Inzwischen diente ihr die Wendung obendrein als *private joke*, denn redundant bedeutete im modernen Sprachgebrauch »überflüssig«, »unnötig«, »unerwünscht«. »Ich fürchte, wir werden Sie freisetzen müssen«, sagten Arbeitgeber allerorten und gaben widerstrebenden Ariels die Freiheit, so als wären die Angestellten gefangene Geisterwesen, die es heftig danach verlangte, sich in die Elemente zu stürzen. Dr. Perholts *private joke* galt jedoch nur in zweiter Linie dem Berufsleben. In erster Linie hatte er mit ihrem Geschlecht und ihrem Alter zu tun, denn sie war eine Frau in den Fünfzigern, nach den Wechseljahren, deren zwei Kinder selbst erwachsen waren, Heim und Heimatland verlassen hatten, in Saskatchewan und in São Paulo lebten und selten von sich hören ließen, da ihre eigenen Kinder ihre Aufmerksamkeit absorbierten. Auch Dr. Perholts Ehemann hatte seinem Heim den Rücken gekehrt, hatte Dr. Perholt verlassen, war ausgezogen nach zwei Jahren der Selbstbefragung, zwei Jahren abrupten Auftauchens und Verschwindens, der Selbstbezichtigungen, Reizbarkeit, ungewollter Impotenz, Verweigerung liebevoll gekochter Mahlzeiten, im Flüsterton geführter Telephongespräche, wenn Mrs. Perholt zu schlafen schien, vergessener Abendeinladungen, mysteriöser Schwankungen des Kontostands, Momenten übelkeiterregenden Geruchs nach Brandy und kaltem Rauch und auch Momenten merkwürdigen Hautgeruchs, des Geruchs nach fremdem Schweiß, nach Hyazinthen und Stephanotis. Er war mit Emmeline Porter nach Majorca durchgebrannt und hatte von dort aus Gillian Perholt ein Fax geschickt, das besagte, er sei ein Feigling, sich auf diese Weise davonzumachen, aber er gehe auch um ihretwillen und er werde niemals wiederkommen.

Gillian Perholt befand sich zufällig in ihrem Arbeitszimmer, als das Fax sich durch Piepsgeräusche und Summen bemerkbar machte. Das Papier erhob sich schlaff und weiß, bevor es erschöpft über die Tischkante fiel – es war ein langes Fax voller Selbstmitleid, aber es nachzuerzählen erübrigt sich, jeder kann sich seinen Inhalt sehr gut denken. Ebenso kann sich jeder Emmeline Porter vorstellen, die in dieser Geschichte nicht mehr vorkommen wird. Sie war sechsundzwanzig, soviel sei gesagt, und ansonsten mehr oder weniger so, wie man sie sich ohnehin vorgestellt haben wird. Gillian betrachtete das ruckartige Austreten des Faxpapiers mit einer Andacht, die nicht Mr. Perholts Sprachgewalt galt, sondern dem Umstand, daß man eine aufgeregte schwarze Handschrift in Majorca in ein Gerät einführen und beinahe zur gleichen Zeit in Primrose Hill einem anderen Gerät entnehmen kann. Das Faxgerät war gekauft worden, damit Mr. Perholt, der im Verlagsgewerbe tätig war, freiberuflich zu Hause arbeiten konnte, wenn man ihn freisetzte oder redundant machte, aber benutzt wurde es hauptsächlich von Gillian Perholt, die Märchenvarianten von Narratologen in Kairo und Auckland, in Osaka und Port of Spain erhielt. Jetzt, da er fort war, gehörte das Faxgerät ihr. Und obgleich sie als Frau nun redundant war, da sie weder Ehefrau noch Mutter, noch Geliebte war, war sie als Narratologin keineswegs redundant, sondern im Gegenteil überall gefragt. Denn es war dies eine Zeit, als Frauen Privilegien genossen, als Narratologinnen um ihrer Fähigkeiten willen verehrt wurden, als sie Orakelpriesterinnen, Äbtissinnen und Sibyllen der Narratologie waren, welche Geheimnisse enthüllten und die Grenzen der Korrektheit überwachten.

Als sie das Fax erhielt, stand Gillian Perholt in ihrem leeren Arbeitszimmer und versuchte sich vorzustellen, daß sie den Verrat betrauerte, den Liebesverlust, den Verlust der Gemeinsamkeit vielleicht, des Ansehens in den Augen der Welt möglicherweise, wie es eine ältere

Frau empfinden mag, die um einer jüngeren willen verstoßen wird. Es war ein sonniger Tag in Primrose Hill, heiteres Gold färbte die Wände des Arbeitszimmers, und sie sah das goldene Licht den Raum erfüllen und fühlte sich selbst mit Leichtigkeit, Glücksgefühlen und Zielstrebigkeit erfüllt. Sie kam sich vor, so drückte sie es in Gedanken poetisch aus, wie ein Gefangener, der seine Ketten sprengt und blinzelnd das Verlies verläßt. Sie kam sich vor wie ein Vogel in einer Schachtel, wie Gas in einer Flasche, das ein Loch findet und ausströmt. Sie spürte, wie sie den Raum ihres eigenen Lebens ausfüllte. Nie mehr mit dem Essen warten müssen. Kein Genörgel mehr, keine Waffengänge mehr, keine müde Antizipation fremder Gefühle mehr, kein Schnarchen, kein Gefurze mehr und nie mehr Bartstoppeln im Waschbecken.

Sie überlegte ihre Antwort, und sie schrieb:

> Okay. Bin einverstanden. Kleider in Kartons auf dem Speicher, Bücher dito. Lasse die Schlösser auswechseln. Alles Gute, G.

Sie wußte, wieviel Glück sie hatte. Ihre Vorfahrinnen, an die sie zunehmend häufig dachte, wären in ihrem Alter wahrscheinlich längst tot gewesen. Gestorben im Kindbett, an Grippe, an Tuberkulose oder am Kindbettfieber oder an bloßer Erschöpfung, gestorben – sie ging immer weiter in die Vergangenheit zurück – an abgenutzten Zähnen, die nichts beißen konnten, an gebrochenen Kniescheiben, am Hunger, durch Löwen, Tiger, Säbelzahntiger, fremde Eroberer, Überschwemmungen, Feuersbrünste, religiöse Verfolgung, Menschenopfer, warum nicht? Manche Narratologinnen sprachen mit wohligem Gruseln von weisen alten Weibern, aber sie war kein altes Weib, sondern ein Wesen ohne Präzedenzfälle, eine Frau mit Porzellankronen auf den Zähnen, mit laserkorrigierter Sicht, mit eigenem Sparkonto, eigenem Leben und einem eigenen Machtbereich, eine Frau, die flog, auf dem ganzen Erdenrund in feinster Bettwäsche schlief und die des Tages auf die weißen Gefilde im Sonnenlicht blickte und des Nachts auf die hell wandernden Sterne, *floating redundant*.

Die Konferenz in Ankara hatte die Bezeichnung »Geschichten vom Leben der Frauen«, einen dehnbaren Titel, der Unterschlupf für jedermann aus jedem Land, aus jedem Genre und jeder Zeit bot. Dr. Perholt wurde am Flughafen von einem imposanten bärtigen türkischen Professor abgeholt, dunkelhäutig und lächelnd, in dessen Arme sie mit geziemenden Freudenausrufen eilte, denn er war ein guter alter Freund, sie hatten zwischen mittelalterlichen Türmen und trägen, von Weiden eingerahmten Flüssen miteinander studiert, und sie hatten eine eigene Geschichte, einen sehr sekundären Sub-Plot, der als bisweilen dünnerer, bisweilen stärkerer, doch nie abreißender Faden die Tapisserie ihrer beider Leben durchzog. Dr. Perholt ärgerte sich über die blonde Lufthansa-Stewardeß, die vor den uniformgrauen Geschäftsleuten, die ausstiegen, ehrerbietig den Kopf neigte – »Auf Wiedersehen und vielen Dank, auf Wiedersehen und vielen Dank« –, Dr. Perholt hingegen mit einem herablassenden »Bye-bye« verabschiedete. Orhan Rifat aber, der hinter der Absperrung wartete, sprudelte über von Projekten, neuen Ideen, neuen Geschichten, neuen Entdeckungen. Mit türkischen Freunden würden sie nach Izmir fahren, und danach würde Gillian Istanbul, seine Heimatstadt, besuchen.

Wie fast alle Konferenzen ähnelte auch diese einem Bazar, wo man Geschichten und Ideen austauscht. Sie wurde in einem höhlenartigen Saal abgehalten, der keine Fenster zur Außenwelt besaß, aber mit vielen Bildschirmen ausgestattet war, auf denen im Dunkeln Leuchtbilder unruhig aufflackerten. Die besten Narratologen sind die, die Geschichten erzählen, nacherzählen. Das verhindert, daß der Zuhörer einschläft, und es erlaubt dem Erzähler, sich in die Geschichte einzufügen. So erzählte ein ungestümer Schweizer Schriftsteller die schreckliche Geschichte der Typhoid Mary, die ahnungslos Infektionsquelle war, eine unwissentliche Massenmörderin. So verlieh die damenhafte Leyla Doruk ihrer Fassung der Geschichte der demütigen Fanny Price, ängstlich und kränkelnd in der tiefsten waldigen englischen Provinz, Feuer und Farbigkeit. Orhan Rifat war als letzter Redner vorgesehen. Sein Vortrag hieß: »Mächte und Machtlosigkeit: Dschinnen und Frauen in *Tausendundeine Nacht.*« Vor ihm sprach Gillian Perholt. Sie hatte sich dafür entschieden, die Erzählung des Scholaren aus Chaucers *Canterbury Tales* zu untersuchen, die Geschichte der geduldigen Griseldis. Niemand kann sich mit dieser Geschichte besonders anfreunden, obwohl einer der sympathischsten Pilger Chaucers sie erzählt, der bücherliebende, weltabgekehrte Scholar aus Oxford, der die Geschichte Petrarcas lateinischer Fassung entnimmt, die wiederum auf Boccaccios italienischer Fassung beruht. Gillian Perholt mochte die Geschichte nicht, und deshalb hatte sie beschlossen, diese Geschichte als Beitrag zu den Geschichten vom Leben der Frauen zu erzählen. Woran denke ich, hatte sie sich beim Erhalten der Einladung gefragt, wenn ich an »Geschichten vom Leben der Frauen« denke, und mit einem Schauder hatte sie sich gesagt: an die geduldige Griseldis.

So kam es, daß sie diese Geschichte in Ankara einer Zuhörerschaft von Wissenschaftlern und Studenten vortrug. Die meisten türkischen Studenten unterschieden sich in ihren Jeans und T-Shirts nicht von den Studenten anderswo, aber in der ersten Reihe saßen drei junge Frauen, das Gesicht auffällig mit einem grauen Tuch verhüllt, und zwischen den jungen Männern in Jeans verstreut saßen Soldaten – junge Offiziere – in Uniform. In der säkularen türkischen Republik war das Tragen solcher Tücher ein Zeichen religiöser Aufsässigkeit, ein Unabhängigkeitsbeweis, dem liberal eingestellte türkische Professoren an und für sich Sympathie entgegenbringen mußten, obwohl das, was sie selbst lehrten und schätzten, in einem muslimischen Staat ebenso anstößig, ebenso unerlaubt gewesen wäre, wie es hier die grauen Tücher waren. Die jungen Soldaten, so stellte Gillian Perholt fest, hörten aufmerksam zu und machten sich fleißig Notizen. Die drei verhüllten Frauen hingegen blickten stolz geradeaus, ohne einen der Vortragenden anzusehen, als verlange ihre Selbstdarstellung ihre ganze Aufmerksamkeit. Sie kamen zu jedem Vortrag. Orhan hatte eine von ihnen gefragt, wie er Gillian erzählte, warum sie sich so kleideten. »Mein Vater und mein Verlobter halten es für richtig«, hatte sie geantwortet, »und ich bin ihrer Meinung.«

Die Geschichte der geduldigen Griseldis in Gillian Perholts Fassung lautet folgendermaßen.

Es war einmal ein junger Graf in der Lombardei mit Namen Walter. Er erfreute sich am Leben und an seinen Vergnügungen – der Jagd und der Falknerei –, wie es die Art junger Männer ist, und es gelüstete ihn nicht danach zu heiraten – vielleicht weil die Ehe ihm als eine Art Gefängnis erschien, vielleicht aber auch weil die Ehe das Ende der Jugend bedeutet, das Ende der Sorglosigkeit, sofern es sich um eine sorglose Jugend handelt. Sein Volk jedoch bat ihn inständig, eine Frau zu nehmen, vielleicht, wie ihm gesagt wurde, damit er eines Tages einen Erben zeugte, vielleicht weil man dachte, die Ehe würde einen besänftigenden Einfluß auf ihn haben. Er sagte, die Argumente seines Volks leuchteten ihm ein, und er lud alle zu seiner Hochzeit ein, die an dem Tag stattfinden sollte, den er ihnen nannte, allerdings unter der Bedingung, daß sie schwören mußten, seine Braut anzuerkennen, wer sie auch sein mochte.

Es war eine Eigenart Walters, daß er gern andere im voraus schwören ließ, sich bedingungslos und ohne zu murren, dem zu unterwerfen, was er zu tun für gut befinden würde.

Das Volk war also einverstanden und rüstete sich am bestimmten Tag für die Hochzeit. Ein Festmahl, prunkvolle Kleider, Juwelen und linnenes Bettzeug wurden für die Braut vorbereitet. Und am Tag der Hochzeit wartete der Priester, und der Brautzug nahm Aufstellung, und noch immer wußte niemand, wer die Braut sein würde.

Griseldis oder Grisilde oder Grisildis oder Grisel oder Griselda nun war die Tochter eines armen Bauern. Sie war sehr schön und sehr tugendhaft. An dem für die Hochzeit bestimmten Tag ging sie Wasser am Brunnen holen, denn sie war eine arbeitsame Hausfrau und wollte ihre Hausarbeit beendet haben, bevor sie sich den anderen Bauern zugesellte, um vom Wegrand aus den vorbeiziehenden Brautzug zu bejubeln. Hochzeiten machen uns alle zu Zuschauern, zu Zuschauern, die zugleich Teilnehmer sind. Griseldis wollte an der Hochzeit teilnehmen und die Braut betrachten wie jeder von uns. Wir alle sehen gern Bräute, Bräute und Prinzessinnen, jene innerhalb der Geschichte, die man von außen betrachtet. Wer weiß, ob Griseldis nicht die Erwartung hegte, sich in die Gefühle der Unbekannten hineinzuversetzen, die an ihnen vorbeiritt.

Statt dessen ritt jedoch der junge Markgraf vor, ritt nicht etwa vorbei, sondern stieg ab und bedeutete ihr, das Gefäß abzusetzen und zu warten. Und er sprach zu ihrem Vater und sagte, daß er beabsichtige, Griseldis zur Frau zu nehmen, und fragte, ob ihr Vater seine Einwilligung gebe. Und dann sprach der junge Graf zu der jungen Frau und sagte, er wolle sie zu seiner Braut machen und verlange nur von ihr, daß sie versprechen müsse, ihm allzeit zu gehorchen und alles zu tun, was er von ihr verlangte, ohne zu zögern, ohne zu murren, zu jeder Zeit des Tages und der Nacht. Und Griseldis, »von Schreck durchbebt«, wie Chaucer uns erzählt, schwor, ihm niemals absichtlich in Werk und Wort ungehorsam zu sein und eher zu sterben – wenngleich sie nicht gern stürbe, wie sie den jungen Graf wissen ließ.

Und daraufhin ordnete Graf Walter unverzüglich

an, daß man sie entkleidete und in die prunkvollen neuen Gewänder kleidete, die er hatte anfertigen lassen. Und ihr Haar wurde frisiert, und man setzte ihr eine edelsteingeschmückte Krone aufs Haupt. Und so ging sie, um verheiratet zu werden und im Schloß zu leben, und Chaucer erzählt uns – darauf legt er großen Wert –, daß sie in ihrer neuen Stellung große Urteilsfähigkeit bewies, Streite zu schlichten verstand, Güte und Freundlichkeit zeigte und vom Volk geliebt und verehrt wurde.

Doch die Geschichte schreitet unerbittlich voran, vorbei an der Hochzeit, hinein in die unheilvolle Zukunft, auf die das verlangte und geleistete Gelöbnis bereits hinweist. Und bedenken Sie, sagte Gillian Perholt an dieser Stelle der Erzählung: In fast allen Geschichten über Gelöbnisse und Verbote enthalten die Gelöbnisse und Verbote die Unausweichlichkeit des Scheiterns, des Nichteinhaltens. Orhan Rifat lächelte in seinen Bart hinein, und die Soldaten schrieben eifrig, wahrscheinlich über Gelöbnisse und Verbote, und die grauverhüllten Frauen starrten unbeirrt vor sich hin.

Nach einiger Zeit, sagt Chaucer, gebar Griseldis eine Tochter, obgleich sie lieber einen Sohn geboren hätte; doch jedermann freute sich, denn sobald sich erwiesen hat, daß eine Frau nicht unfruchtbar ist, kann sich als nächstes Kind durchaus ein Sohn einstellen. Und an dieser Stelle kam es Walter in den Sinn, daß er seine Frau auf die Probe stellen müsse. Es ist interessant, sagte Gillian, daß der Oxforder Scholar sich hier als Erzähler vom Protagonisten distanziert, indem er sagt, er könne nicht nachvollziehen, weshalb diese Probe dem Grafen als notwendig erschien. Doch er erzählt weiter, wie Walter seiner Frau voller Ernst mitteilte, das Volk sei unwillig und erzürnt, weil eine Bauerntochter ihm gebieten dürfe, und es wolle das Kind einer solchen Person nicht zum Gebieter haben. Daher, so sagte er, wolle er ihre Tochter töten lassen. Und Griseldis erwiderte, es sei an ihm, mit ihr und ihrem Kind nach eigenem Gutdünken zu verfahren. Und Walter sandte einen groben Profos, der ihr das Kind von der Brust zu reißen hatte, und Griseldis küßte es zum Abschied und bat ihn nur, es so zu begraben, daß die wilden Tiere den Leichnam nicht zerfleischen konnten.

Und wieder nach einiger Zeit gebar Griseldis einen Sohn, und ihr Mann, der es noch immer nicht lassen konnte, sie zu prüfen, ließ ihr auch dieses Kind entreißen und zum Töten fortbringen. Und Griseldis blieb ihrem Gelöbnis unvermindert treu und versicherte ihrem Mann, sie sei weder bekümmert noch verletzt; ihre beiden Kinder hätten ihr nichts gebracht als »Krankheit erst, dann Weh und Leiden«.

Und dann kam eine Pause in der Erzählung, sagte Gillian, eine Pause, die lang genug war, daß die Kinder, die insgeheim in Bologna aufwuchsen, die Pubertät, ein heiratsfähiges Alter erreichen konnten. Eine Pause, ähnlich lang wie die Zeitspanne, die zwischen dem dritten und dem vierten Akt des *Wintermärchens* liegt und innerhalb deren die Königin Hermione verschwindet und als tot gilt, ihre Tochter Perdita ausgesetzt und von Hirten aufgezogen, von einem Prinzen umworben wird und nach Sizilien fliehen muß, wo sie glücklich mit ihrem reuigen Vater und ihrer totgeglaubten Mutter wiedervereinigt wird, welche letztere als Statue auf einem Piedestal erscheint und durch die Kunst auf wunderbare Weise Leben und Glück wiedererhält. Im *Wintermärchen*, sagte Gillian, ist die liebreizende Tochter Erneuerung der Mutter, so wie Persephones Rückkehr das Wiederbeleben der Felder im Frühjahr bedeutet, die durch den Zorn der Muttergottheit Demeter verwüstet worden waren. An dieser Stelle versagte Gillian die Stimme. Sie sah ins Publikum und erzählte von Paulina, Hermiones Dienerin und Freundin, die sich die Macht einer Hexe, eines Künstlers und eines Geschichtenerzählers angeeignet und die verloren geglaubte Königin ins Leben zurückgerufen hatte. Ich persönlich, sagte Gillian, habe diese gekünstelte Auflösung nie leiden können, nie ertragen können; sie ist das Gegenteil der Wiederkehr Persephones im Frühling, denn Menschen sterben nicht, um wieder zu erstehen wie Gras und Getreide, sie leben nur ein Leben und altern dabei. Und Hermione – und die geduldige Griseldis, wie Sie gewiß bereits ahnen – wurde durch Ränke des Großteils dieses einen Lebens beraubt, das zur grauen Leere aufgezwungener Untätigkeit verurteilt war.

Was tat Griseldis, indes ihr Sohn und vor allem ihre Tochter heranwuchsen? Die Geschichte überspringt es. Das Leben einer Frau verläuft im Handumdrehen von der Hochzeit zur Entbindung zum Nichts. Chaucer erwähnt keine späteren Kinder, obgleich er beteuert, Griseldis habe unwandelbar in Liebe und Geduld und Demut verharrt. Ihr Ehemann jedoch mußte Paulinas Lust am Erzählen, am Ränkeschmieden und am Dirigieren noch übertreffen. Er gab keine Ruhe, bis er vom Papst einen Dispens erhielt, so daß er Griseldis verstoßen und eine jüngere Braut heiraten konnte. Das Volk raunte über die Ermordung der Kinder. Walter aber, so heißt es in der Geschichte, eröffnete seiner geduldigen Frau, daß er beabsichtige, sie durch eine jüngere und standesgemäßere Braut zu ersetzen, und daß sie zu ihrem Vater zurückzukehren habe unter Zurücklassen der prunkvollen Kleider, Juwelen und anderen Dinge, die er ihr geschenkt hatte. Und Griseldis bewies noch immer Geduld, wenngleich Chaucer sie in ihrer Geduld eindrucksvolle Worte sagen läßt, die das Mitgefühl des Lesers wachhalten und seinen Unwillen, der das Mitgefühl mindern könnte, bezähmen.

Nackt, sagt Griseldis zu ihrem Ehemann, habe sie das Haus ihres Vaters verlassen, und nackt werde sie dorthin zurückkehren. Aber da er ihre alten Kleider fortgenommen hat, bittet sie ihn um ein Hemd, damit sie ihre Blöße bedecken kann – »Ihr wollt mir sicher solche Schmach erlassen, den Leib, der Eure Kinder einst getragen, nackt vor dem Volk zu zeigen auf den Gassen; drum mögt ihr, darf ich diese Bitte wagen, mich nicht gleich einem Wurm des Weges jagen. Für meine Jungfernschaft«, sagt Griseldis, »die unversehrt ich brachte und nicht mehr nach Haus kann tragen, sei gnädig mir von Euch zum Lohn gewährt ein Hemd«. Und Walter erlaubt ihr großzügig, das Hemd, das sie am Leibe trägt, zu behalten.

Aber Walter hat sich noch mehr Komplikationen seiner Intrige ausgedacht, da jede weitere Komplikation die Auflösung noch herrlicher, noch befriedigender machen muß. Kaum, so scheint es, war Griseldis zu Hause eingetroffen, war ihr Gatte schon dort, um von ihr zu verlangen, sie solle ins Schloß zurückkommen und die Räume und Festlichkeiten für seine neue junge

Braut herrichten. Niemand verstehe sich besser darauf als sie, erklärte er ihr. Man könnte meinen, das Gelöbnis habe mit der Rückkehr ins Haus ihres Vaters seine Gültigkeit verloren, aber so dachte Griseldis offenbar nicht: Geduldig ging sie mit ihm zurück, geduldig machte sie sich ans Kochen, Putzen, Vorbereiten und richtete das Hochzeitsbett.

Und der Brautzug mit dem wunderschönen jungen Mädchen gelangte zum Schloß, und Griseldis arbeitete in ihren schäbigen Kleidern im Saal, und das Festmahl wurde aufgetragen, und die vornehmen Damen und Herren setzten sich zum Mahle. Nun schien Griseldis tatsächlich mit einiger Verspätung Zuschauer bei der Hochzeit zu sein. Walter rief sie herbei und fragte sie, wie ihr seine Braut und deren Schönheit gefalle. Und Griseldis verwünschte weder sie noch ihn, sondern erwiderte geduldig, sie habe niemals eine liebreizendere Frau erblickt und beschwöre und warne ihn nur, »die zarte, junge Maid nicht so wie mich zu martern und zu quälen«, denn sie sei keine harte Behandlung gewohnt und werde es nicht ertragen.

Und nun hatte Walter seine Auflösung, das Ende seiner Geschichte, und er eröffnete Griseldis, daß die Braut nicht seine Braut sei, sondern ihre Tochter, und daß der Junker ihr Sohn sei und daß nun alles gut sei und sie glücklich sein werde, denn er habe all das nicht aus Bosheit noch aus Grausamkeit an ihr verübt, sondern um ihre Treue zu erproben, und sie hatte die Prüfungen bestanden, und nun konnten sie sich versöhnen.

Und was tat Griseldis? fragte Gillian Perholt. Was sagte sie, und was tat sie? wiederholte Dr. Perholt. Ihr

Publikum bekundete Interesse. Die meisten kannten nur den Titel und die Grundidee der Geschichte. Würde sich der Wurm krümmen? fragten sich einige, die das Bild der Griseldis für ihr nacktes Fleisch bewegt hatte. Sie blickten zu Dr. Perholt hoch, die schweigend wie erstarrt dastand. Mit zum Sprechen geöffnetem Mund und einer zu einer rhetorischen Geste erhobenen Hand stand sie auf der Bühne, und das Licht glitzerte in ihren Augäpfeln. Sie war eine füllige Frau, eine untersetzte Frau mit weicher, heller Haut und trug ein lose fallendes Leinenkleid mit Jacke, wie es untersetzten Frauen steht, ein steingraues Kleid mit Jacke, das blaue Glasperlen belebten.

Und Gillian Perholt starrte mit glasigen Augen und spürte, wie ihr die Stimme versagte. Sie war weit entfernt in Raum und Zeit – sie war eine Salzsäule, ihre Stimme hallte in einem gläsernen Behältnis wider, ein trauriges Piepsen wie das einer verirrten Heuschrecke im Winter. Sie konnte weder Finger noch Lippen rühren, und tief im Saal, hinter den grauverschleierten Frauen, sah sie eine unförmige Gestalt, eine riesenhafte weibliche Gestalt mit verschleiertem Kopf, der sich über die Leere beugte, und mit langen, sehnigen Armen, die neben der Leere baumelten, und in einem faltenreichen Kapuzengewand, das sich über dem windigen Vakuum des Nichts bauschte, banal in seiner konventionellen Scheußlichkeit und aus ebendiesem Grund entsetzlich, weil es sich dem Blick aufdrängte, ihre Augen konnten jede einzelne Falte erkennen, die roten Ränder der geschwollenen Augen abmessen, die gesprungenen Lippen des zahnlosen, unfrohen Mundes nachzeichnen, sehen, daß die Kreatur aus vielen Farben bestand, die allesamt grau waren, grau. Sie war flachbrüstig, und über der Leere, dem windigen Loch, das ihr Bauch und ihr Schoß waren, konnte man ihre welke Haut sehen.

Das ist es, wovor ich mich fürchte, dachte Gillian Perholt, deren Verstand weiterarbeitete und herauszufinden versuchte, ob das, was sie sah, eine Halluzination war oder etwas, was sich auf einer unerwarteten Wellenlänge befand und manifestiert hatte.

Und gerade als Orhan aufstand, um ihr zu Hilfe zu kommen, da er sah, daß sie wie Macbeth beim Festmahl dreinblickte, sprach sie weiter, als sei nichts geschehen, und das Publikum seufzte und lehnte sich wieder im Sitz zurück, beunruhigt, aber höflich.

Und was tat Griseldis? fragte Gillian Perholt. Und was sagte Griseldis, und was tat sie? wiederholte Dr. Perholt. Zuerst fiel sie vor Verwirrung und Überraschung in Ohnmacht. Als sie zu Bewußtsein kam, dankte sie ihrem Ehemann dafür, daß er ihre Kinder am Leben gelassen hatte, und sagte zu ihren Kindern, daß ihr Vater zärtlich für sie gesorgt habe – und sie umarmte Sohn und Tochter eng und fiel wieder in die schreckliche Ohnmacht, die Kinder noch immer so fest umklammernd, daß es den Umstehenden nur mit Mühe gelang, sie ihr zu entreißen. Chaucer sagte nicht und auch der Scholar von Oxford sagte nicht, sie habe sie gewürgt, aber seine Worte verraten Angst, und ihre Umklammerung, die unterdrückte, aufgestaute Kraft, die alle drei ohnmächtig macht, bewußtlos, widerspricht dem Finale, das ihr Herr und Meister so kunstvoll inszeniert hat.

Doch selbstverständlich wurde sie aus der Bewußtlosigkeit geweckt und abermals ihrer alten Kleider entblößt und in ein goldenes Gewand gekleidet und mit Edelsteinen gekrönt und zu ihrem Platz beim Festmahl geführt. Der Kreis schließt sich.

Und ich möchte jetzt, sagte Gillian Perholt, kurz über das Unbehagen sprechen, das uns diese furchtbare Geschichte verursacht. Man könnte meinen, daß sie zur selben Gattung gehört wie die Geschichten von Vätern oder Königen oder Herrschern, die nach dem Tod ihrer Frauen die eigene Tochter heiraten wollen, so wie der ursprüngliche Leontes in der dem *Wintermärchen* vorausgehenden Geschichte Perdita zu heiraten versuchte – der Geschichte eines Mannes, der die Wiederkehr des Frühlings, der Jugend und der Fruchtbarkeit auf eine Weise zu erlangen sucht, wie sie Menschenwesen im Unterschied zu Gras und den Blumen des Feldes nicht angemessen ist. Das ist ein schmerzliches, aber natürliches Muster, das Muster des menschlichen Irrens, welches in den Geschichten sogleich bestraft und untersagt wird. Das besonders Erschreckende am Griseldis-Stoff ist jedoch nicht der psychologische Schrecken von Inzest oder Altwerden, sondern es hat mit der Erzählweise und Walters Verhältnis zu ihr zu tun. Die Geschichte ist so furchtbar, weil Walter zu viele Funktionen in der Erzählung ausübt: Er ist Held, Bösewicht, Schicksal, Gott und Erzähler – die Geschichte ist *eindimensional*, auch wenn der Scholar, hinter dem Chaucer spricht, sie aufzulockern versucht, indem er von den widersprüchlichen Gefühlen des Volkes berichtet und indem er die glückliche Heirat des Sohnes der Griseldis mit dem abschließenden ironischen Kommentar versieht:

Der ebenfalls ein gutes Weib gewann,
Mocht' er sie auch nicht so durch Prüfung plagen.
Die Welt ist nicht so stark, das muß man sagen,
Wie sie vor alten Zeiten ist gewesen.

Und dann erklärt der Kommentator, die Moral der Geschichte laute *nicht*, daß Ehefrauen es Griseldis an Demut gleichtun sollten, denn dies wäre unmöglich und undenkbar, selbst wenn es wünschenswert wäre. Die Moral ist die der Geschichte Hiobs, sagt der Scholar – der wiederum Petrarca zitiert –, die uns sagt, daß der Mensch geduldig ertragen müsse, was ihm widerfährt. Und dennoch ist unsere Reaktion Empörung – über das, was Griseldis angetan wurde, daß man sie des besten Teils ihres Lebens beraubt hat, der nicht wiederzubringen ist, daß ihre Kraft unterdrückt wurde. Denn Geschichten vom Leben der Frauen sind in der Literatur Geschichten von unterdrückten Kräften – die Geschichte von Fanny Price, von Lucy Snowe, sogar die von Gwendolen Harleth sind die Geschichte von Griseldis, und alle besitzen sie das Moment der gewollten, erstickenden Bewußtlosigkeit.

Gillian Perholt sah auf. Die Kreatur, der Ghul, war verschwunden. Man applaudierte. Sie verließ die Bühne. Orhan, der offen und herzlich war, fragte sie, ob ihr unwohl sei, und sie antwortete, ihr sei etwas schwindlig geworden. Nichts, was Anlaß zur Beunruhigung gebe. Ein kurzfristiger Schwächeanfall. Sie hätte ihm gerne auch von der Erscheinung erzählt, aber es ging nicht. Ihre Zunge lag ihr wie bleiern im Mund, die Erscheinung ließ sich nicht in Worte fassen. Was nicht in Worte gefaßt werden kann, lebt im Blut, in den Gehirnzellen, in den Nerven weiter. Als Kind hatte sie gewußt, daß die grauen Männlein auf der Treppe und das alte Weib in der Toilette verschwunden wären, wenn sie sie hätte beschreiben können, aber sie konnte es nicht. Sie malte sie sich genüßlich und angsterfüllt aus, und bisweilen sah sie sie, was etwas anderes war.

Orhans Vortrag war der letzte der Konferenz. Er war der geborene Vortragsredner und war es zumindest in Gillians Erfahrung immer gewesen. Sie erinnerte sich an eine *Hamlet*-Aufführung, in der sie beide als Studenten mitgespielt hatten. Orhan hatte den Geist von Hamlets Vater gegeben und hatte mit seiner tiefen Stimme und seinem Pathos allen Zuschauern das Blut in den Adern gefrieren lassen. Heute, anders als damals, war sein Bart »von silberdurchwirktem Schwarz«, und heute wie damals war er in elisabethanischer Manier geschnitten, wenngleich Orhans Gesichtszüge die jugendliche Nachdenklichkeit vertieft hatten und er nun, so fand Gillian, Bellinis Porträt Mehmets des Eroberers ähnlich sah. Sie selbst hatte Gertrude gespielt, obwohl sie lieber Ophelia gewesen wäre, sie wäre gern schön gewesen und vor Leidenschaft wahnsinnig geworden. Sie war die Königin gewesen, die den Geist in ihrem Schlafzimmer nicht zu sehen vermochte: Dies fiel ihr ein, zusammen mit einer neuen, diesmal rein imaginären Vision des Hermione-Griseldis-Ghuls, als sie zusah, wie Orhan, groß, eindrucksvoll, in seinen Bart lächelnd, von Scheherazade und den Dschinnen zu sprechen anhub.

»Es läßt sich nicht bestreiten«, sagte Orhan, »daß die Misogynie eine Antriebskraft prämoderner Geschichtensammlungen ist – insbesondere was die Rahmenerzählungen betrifft –, von *Katha Sarit Sagara*, dem *Meer der Geschichten*, zu *Alf laila-wa-laila*, den Geschichten aus *Tausendundeiner Nacht*. Warum das so ist, wurde meines Wissens nie erklärt, obwohl sich zweifellos Gründe vorbringen ließen, die von sozialen Strukturen bis zur Tiefenpsychologie reichen. Dennoch bleibt die bedauerliche Tatsache bestehen, daß Frauen in diesen Erzählungen in der Mehrzahl als falsch, unzuverlässig, habgierig, unersättlich in ihren Begierden, gewissenlos und schlicht gefährlich dargestellt werden, als Wesen, die mittels der Strukturen von Machtlosigkeit ihre Macht ausüben, sofern es sich nicht um Zauberinnen, weibliche Ghuls und Menschenfresserinnen handelt. Besonders interessant an *Tausendundeiner Nacht* in Hinsicht auf den Gegenstand unserer Konferenz ist die Rahmenhandlung, die damit beginnt, daß zwei Könige durch die Falschheit der Frauen zur Verzweiflung und zum Mord getrieben werden, die zugleich jedoch eine machtvolle Heldin und Erzählerin in Scheherazade besitzt, die Tag für Tag ihr Leben vor einer willkürlich über alle Frauen verhängten Rache retten muß, indem sie nachts ihrer unschuldigen kleinen Schwester im Bett, im Schlafzimmer Geschichten erzählt, Scheherazade, deren Kunst darin besteht, unablässig anzusetzen und zu verschieben und zu beenden und anzusetzen und zu verschieben und zu beenden, denn sie ist eine unendlich einfallsreiche und kluge Frau«, sagte Orhan lächelnd, »die ihr Geschick und ihr Manipulieren trotz allem in der Situation völliger Ohnmacht einsetzt, da das Damoklesschwert ihres Geschicks an einem metaphorischen Faden über ihrem Kopf hängt, dem Faden ihrer Erzählung, und Tag um Tag für den nächsten Morgen ihr Leichentuch hergerichtet wird. König Schehrijar hat sich nämlich wie Markgraf Walter dazu aufgeschwungen, Ehemann und Schicksal zugleich zu sein und nur das Element des Erzählens, der Fabel seiner Frau zu überlassen, doch das genügt. Es genügt, um sie zu retten, es genügt, um Raum zu schaffen für Zeugung und Geburt ihrer Kinder, die sie vor ihm verbirgt, wie Walter seine Kinder vor Griseldis verbarg, es genügt, um ihr Leben zu verlängern, bis es in Liebe und Sie-lebten-glücklich-bis-ans-Ende-ihrer-Tage aufgeht, so wie bei Griseldis, wenn man so will. Diese Geschichten sind keine psychologischen Romane, es geht ihnen nicht um seelische Befindlichkeiten oder die Persönlichkeitsentwicklung eines Protagonisten, sondern um nichts als das Schicksal, das Geschick, das, was die Sterblichen erwartet. Und der Filmemacher Pasolini hat völlig richtig bemerkt, daß die Geschichten in *Tausendundeine Nacht* immer mit dem Verschwinden des Geschicks enden, welches in die Schläfrigkeit des Alltagslebens zurücksinkt. Scheherazades Leben konnte jedoch nicht in eine solche Schläfrigkeit sinken, bevor nicht alle Geschichten erzählt waren, und deshalb ist die Alltäglichkeit des Alltags ihr Ende, wie es auch bei Schneewittchen und Aschenbrödel der Fall ist, aber nicht bei Madame Bovary oder Julien Sorel, die zwar sterben, doch nicht in das Nachleben von Geschichten eingehen und so verschwinden. Aber ich greife meinem Thema vor, das wie das Thema meiner Freundin und Kollegin Dr. Perholt Persönlichkeit, Schicksal und

Geschlecht im Volksmärchen betrifft, dort, wo die Persönlichkeit *nicht* das Schicksal ist, wie Novalis sagte, sondern etwas anderes dies ist.

Und zuerst will ich von den Lebensgeschichten der Frauen in der Rahmenhandlung sprechen, um danach kurz die Geschichte von Prinz Kamarelzaman und Prinzessin Budur zu erläutern, die in den Manuskripten von *Tausendundeine Nacht* nur halb erzählt ist . . .«

Gillian Perholt saß hinter den grauverschleierten Frauen und betrachtete Orhans dunkles, scharfgeschnittenes Gesicht, während er von den Königen und Brüdern Schehrijar und Schahzaman erzählte, davon, wie Schahzaman sich einst aufmachte, um seinen Bruder zu besuchen, nach Hause zurückkehrte, um sich von seiner Frau zu verabschieden, sie in den Armen eines Küchenjungen fand, beide auf der Stelle erschlug und sich voller Abscheu und Verzweiflung wieder auf die Reise machte. Seine Gefühle fanden erst dann Erleichterung, als er aus dem Fenster im Palast seines Bruders dessen Gemahlin und zwanzig Sklavinnen einen verborgenen Garten betreten sah. Zehn der Sklavinnen waren weiß, zehn waren schwarz, und die schwarzen entledigten sich ihrer Kleider, und siehe da, es waren junge Männer, die nun sogleich die weißen Frauen begatteten, indes der schwarze Geliebte der Königin namens Masud von einem Baum herabstieg und es ihnen mit ihr nachtat. Dieser Anblick erleichterte und erfreute Schahzaman, der begriff, daß sein Schicksal das Schicksal aller war, und seinem Bruder, der ihm zuerst nicht glauben wollte und dann vor Scham und Zorn außer sich geriet, zeigen konnte, daß es sich so verhielt. Und deshalb verließen beide Brüder voller Ekel und Überdruß den Hof und ihr bisheriges Leben und begaben sich auf eine Pilgerreise, um zu sehen, ob es jemanden gab, der noch unglücklicher war als sie, die beiden armen Hahnreie.

Beachten Sie bitte, sagte Orhan, daß bis zu diesem Zeitpunkt niemand der Königin und ihrem schwarzen Geliebten und den zwanzig lüsternen Sklaven ans Leben wollte.

Und die zwei Könige begegneten einem Dschinn, der wie eine bewegliche schwarze Säule, die bis zum Himmel reicht, aus dem Meer stieg und der auf dem Kopf eine große Glaskiste trug, die mit vier stählernen Schlössern versperrt war. Und die zwei Könige versteckten sich (wie vor ihnen Masud) in einem Baum, und der Dschinn legte sich, wie es das Glück oder der Zufall oder das Schicksal wollte, unter ebenjenem Baum zum Schlafen und öffnete das Behältnis, dem eine wunderschöne Frau entstieg – er hatte sie an ihrem Hochzeitsabend entführt –, auf deren Schoß er sein Haupt bettete und sogleich zu schnarchen begann. Daraufhin gab die Frau den beiden Königen zu verstehen, daß sie wußte, wo sie sich verborgen hielten, und daß sie schreien und ihre Anwesenheit dem Dschinn verraten würde, wenn sie nicht unverzüglich herunterkämen und ihre verzehrende sexuelle Sehnsucht stillten. Dies erschien den zwei Königen als schwierig angesichts der Umstände, aber die Drohung, sie zu verraten und dem Tod zu überantworten, ließ sie ihr Bestes versuchen. Und als sie beide die gestohlene Frau des Dschinns befriedigt hatten, die mit geöffneten Beinen unter dem Baum im Wüstensand lag, nahm sie beiden ihre Ringe fort und legte diese in einen kleinen Beutel, den sie am Körper trug und der bereits achtundneunzig Ringe verschiedenster Machart und aus jedem Material enthielt. Und sie erzählte den beiden Königen nicht ohne Selbstzufriedenheit, daß sie alle einst Männern gehört hatten, mit denen sie den Dschinn hatte betrügen können, obwohl sie in einem Glassarg mit vier Stahlschlössern eingesperrt in den Tiefen des brausenden und tobenden Meeres versteckt war. Und der Dschinn, so erklärte sie, hatte vergebens versucht, sie rein und keusch zu halten, ohne zu wissen, daß nichts das, was vorherbestimmt ist, zu ändern oder abzuwenden vermag und daß niemand eine Frau davon abhalten kann, das zu tun, was sie sich in den Kopf gesetzt hat.

Und nachdem sie sich in Sicherheit gebracht hatten, schlossen die zwei Könige aus dem Erlebten, daß der Dschinn bedauernswerter war als sie, und deshalb kehrten sie zum Palast zurück, ließen Schehrijars Gemahlin und die zwanzig Sklaven enthaupten, ließen die Sklavinnen im Harem austauschen und ließen nach jungfräulichen Bräuten suchen, die jeweils nach einer Nacht umgebracht werden sollten, »damit König Schehrijar seiner Ehre gewiß« sein konnte. Und das bewirkte dann Scheherazades schlauen Plan zur Rettung ungezählter Mädchen, indem sie narrative Reize an die Stelle der Reize unerfahrener Jungfräulichkeit setzte, sagte Orhan und lächelte leise, und dafür brauchte sie tausendundeine Nächte. Und in diesen Rahmenerzählungen, sagte Orhan, besteht das Geschick der Männer darin, durch weibliche Raffgier und Doppelzüngigkeit ihrer Würde verlustig zu gehen, und das der Frauen darin, aus diesem Grund dem Schwert überantwortet zu werden.

Was mich an der Geschichte vom Prinzen Kamarelzaman interessiert, sagte Orhan, ist die Aktivität des Dschinns, um den widerspenstigen Prinzen einem normalen Menschenschicksal anzupassen. Kamarelzaman war der über alles geliebte einzige Sohn des Sultans Schehriman von Khalidan. Er war dem hochbetagten Vater von einer jungfräulichen Konkubine mit üppigen Formen geboren worden, und er war sehr schön, so schön wie der Mond, wie Anemonen im Frühling, wie die Kinder der Engel. Er war liebenswert, aber von der eigenen Bedeutung durchdrungen, und als sein Vater verlangte, er solle heiraten, um das Geschlecht fortzusetzen, zitierte er die Schriften der Weisen und ihre Worte über List und Tücke der Weiber als Grund seiner Weigerung, das zu tun. »Das Heiraten ist etwas, was ich niemals tun werde«, sagte der Prinz und fügte großspurig hinzu: »auch wenn ich den Becher des Todes trinken müßte!« Und so ließ sein Vater das Thema ein Jahr lang auf sich beruhen, und Kamarelzaman wurde im Verlauf dieses Jahres noch schöner, und nach Ablauf des Jahres fragte sein Vater erneut und mußte hören, daß sein Sohn noch mehr gelesen und sich noch eindringlicher davon überzeugt hatte, daß die Frauen unmoralisch, töricht und abstoßend seien und daß der Tod dem Umgang mit ihnen vorzuziehen sei. Und nach einem weiteren Jahr trat der König auf den Rat seines Wesirs vor versammeltem Hofstaat vor seinen Sohn und mußte sich Unverschämtes anhören. Und deshalb ließ er seinen Sohn auf Rat des Wesirs in einen verfallenen römischen Turm sperren, wo es dem Prinzen überlassen blieb, sich eines Besseren zu besinnen.

Im Wasserreservoir dieses Turms lebte aber ein weiblicher Dschinn, eine Dschinnijah, die eine Gläubige war, eine Anhängerin Süleymans voller Tatkraft. Dschinnen zählen, wie Sie vielleicht wissen oder auch nicht, zu den drei Ordnungen unter Allah erschaffener Intelligenz – als da sind die Engel, die aus Licht geschaffen sind, die Dschinnen, die aus feinem Feuer geschaffen sind, und die Menschen, die aus dem Staub der Erde geschaffen sind. Es gibt drei Ordnungen von Dschinnen – fliegende, wandelnde und tauchende Dämonen –, und sie alle können ihre Gestalt wechseln und sind wie die Menschen aufgeteilt in Gläubige und Ungläubige, die dem Teufel dienen. Im Koran werden Dschinnen und Menschen oft gleichermaßen ermahnt, sich der Zerknirschung und des Glaubens zu befleißigen, und es gibt gesetzliche Vorgaben hinsichtlich von Ehen und sexuellen Beziehungen zwischen Menschen und Dschinnen. Sie sind Wesen des Diesseits, die bisweilen sichtbar, bisweilen unsichtbar sind; sie lauern in Badezimmern und Toiletten und fliegen durch die Himmel. Sie besitzen ein eigenes komplexes Gesellschaftsgefüge und eigene soziale Hierarchien, über die ich mich jetzt nicht weiter verbreiten will. Die betreffende Dschinnijah, die Maimuna hieß, gehörte zu den fliegenden Wesen, und sie flog am Fenster des Turms vorbei und erblickte dabei den Prinzen, der im Schlaf so schön anzusehen war wie immer, flog hinein und bewunderte seinen Anblick. Draußen im nächtlichen Dunkel begegnete sie einem anderen fliegenden Dämon, einem liederlichen Ungläubigen namens Dahnasch, der ihr aufgeregt von einer wunderschönen chinesischen Prinzessin erzählte, der Prinzessin Budur, deren alte Hofdamen sie in ihren Gemächern bewachten, weil man befürchtete, sie könne sich mit eigener Hand das Leben nehmen, was zu tun sie geschworen hatte, als man ihr einen Ehemann androhte, und zwar mit den Worten: »Wie soll mein Körper, der kaum die Berührung der Seide zu ertragen vermag, sich den rauhen Liebkosungen eines Mannes aussetzen können?« Und die beiden Dschinnen begannen zu streiten, welches der Menschengeschöpfe, Mann oder Frau, schöner sei, während sie mit ihren ledrigen Flügeln in der Luft schwebten. Und die Dschinnijah befahl Dahnasch, die schlafende Prinzessin aus China herzuholen und sie neben den Prinzen Kamarelzaman zu legen, damit man sie vergleichen konnte, was binnen einer Stunde geschah. Die zwei Dämonen, weiblich und männlich, stritten erbittert – und in Versform –, ohne zu einem Ergebnis zu gelangen, wem der Preis der größeren Schönheit gebühre. Und deshalb riefen sie ein drittes Wesen herbei, einen riesengroßen Erdgeist mit sechs Hörnern, drei gespaltenen Schwänzen, einem Buckel und einem Hinkebein, mit einem übermäßig großen und einem verkümmerten Arm, mit Klauen und Hufen und einem schaurig langen Geschlecht. Und dieses Geschöpf vollführte einen Freudentanz um das Bett herum und erklärte, die einzige Möglichkeit, die Macht dieser vollkommen schönen Wesen zu erproben, bestehe darin, beide nacheinander zu wecken und zu beobachten, welches die größere Leidenschaft für das andere bekunde, und das, welches das größte Verlangen zu wecken vermochte, solle Sieger sein. Und dies wurde getan; man weckte den Prinzen, der vor Verlangen und vor Ehrerbietung ohnmächtig und wieder eingeschläfert wurde, ohne sein Verlangen gestillt zu haben, und weckte danach die Prinzessin, deren brennendes Verlangen im schlafenden Prinzen Kräfte und erwidertes Verlangen erwachen ließ, und es geschah, »was zu geschehen pflegt«. Und bevor ich nun die Trennung und Verzweiflung Kamarelzamans und Budurs erzähle und analysiere, die lange Suche des als Wahrsager verkleideten Prinzen nach seiner verlorenen Geliebten, ihre Hochzeit, die darauf erfolgende Trennung, weil ein Falke einen Talisman aus dem Besitz der Prinzessin entwendete, Prinzessin Budurs schlaue Verkleidung als ihr Mann, ihr Umwerben einer Prinzessin und ihr Umwerben ihres eigenen Mannes, der denken mußte, sie wolle ihn zu widernatürlichen Handlungen verführen – bevor ich all das erzähle, würde ich gern etwas zur Anwesenheit der Dschinnen bei der Entjungferung Budurs durch Kamarelzaman sagen, zu ihrem unsichtbaren Entzücken über die Körper der Menschen, zur Merkwürdigkeit dessen, daß die geheime Erfüllung ersten Liebesverlangens der narrative Kunstgriff einer Gruppe bizarrer und zutiefst interessierter Zuschauer ist, die man sich als Zwitter denken darf aus Sportsfreunden, die beim Pferderennen wetten, Kupplern, Filmregisseuren oder Geschichtenerzählern und königlichen Hofdamen beiderlei Geschlechts. Diese Stelle der Erzählung, sagte Orhan, hat mich immer fasziniert, weil sie vom Standpunkt der drei Zauberwesen aus erzählt ist, deren treibende Kraft der weibliche Dämon ist, während die männlichen Dämonen an zweiter Stelle stehen. Das, was eine der privatesten Entscheidungen im Leben eines Menschen ist – der Verlust der Jungfräulichkeit, hier der beiderseitige Verlust der Jungfräulichkeit in völliger beiderseitiger Befriedigung und Glückseligkeit –, ereignet sich als Funktion von Verlangen, Neugier und Konkurrenz dreier Feuerwesen, die dem Himmel, der Erde und der Zisterne entstammen. Kamarelzaman und Budur – hierin dem Grafen Walter vergleichbar – haben versucht, sich Freiheit und Willen zu bewahren, sie haben das jeweils andere Geschlecht als häßlich und ekelerregend und als tyrannisch von sich gewiesen und geben sich nun im Traum ihrem Schicksal hin, das von dem bizarren unsichtbaren Trio als etwas inszeniert wird, was halb komödiantisch, halb sentimental ausfällt, und das aus narrativer Sicht redundanteste Mitglied dieses Trios ist auch das größte, auffälligste, ungeschlachteste, der gehörnte, geschwänzte, abstoßend unförmige massige Erdtroll, der verzückt die vollkommen schönen Gestalten der zwei Schlafenden umtanzt. Es ist dies so, als würden unsere Träume uns beobachten und unser Leben nachdrücklich von außen steuern, während wir passiv, wie ohnmächtig, brav ausführen, was sie für uns ersinnen – nur daß die Dschinnen deutlicher vorhanden sind als bloße Träume und weit mehr Interessen und Vorhaben kennen als das junge Paar von Prinz und Prinzessin . . .

Die Soldaten schrieben eifrig; die verschleierten Frauen blickten reglos geradeaus und hielten ihre Köpfe stolz gereckt. Gillian Perholt hörte mit Vergnügen Orhan Rifat zu, der nun dazu überging, die Technik der erzählerischen Phantasie zu diskutieren und die Konstruktion der Realität in Geschichten innerhalb von Geschichten innerhalb von Geschichten. Sie war müde; ihre Temperatur war etwas erhöht; die Luft in Ankara war voller Braunkohlerauch, was sie an ihre Kindheit in einer Industriestadt in Yorkshire erinnerte, wo der Schwefel in der Luft ihr das Atmen erschwert und sie tagelang mit Asthma ans Bett gefesselt hatte, wo sie Märchen las und die Geschichten vor ihrem inneren Auge vorbeiziehen sah. Als kleines Mädchen hatte man sie auch in den *Dieb von Bagdad* mitgenommen; während das Zauberpferd über die Leinwand stürmte und der böse Geist von einem Pünktchen zu einer Wolke anschwoll, die die ganze Küste bedeckte, rochen sie den Schwefelgeruch. Es hatte Fliegeralarm gegeben, als sie im Kino waren: Die Leinwand hatte geflackert und gebebt, elektrische Funken hatten den unheilvollen Blick des Zauberers entstellt; ferne Explosionen hatten das Wandeln der Prinzessin im Garten begleitet; alle hatten im Gänsemarsch das Kino verlassen und sich im Keller verstecken müssen, wie sie erinnerte, und sie hatte nach Luft gerungen und am Abendhimmel eingebildete Flügel und Feuer gesehen. Wie habe ich mir damals mein künftiges Leben vorgestellt? fragte sich Gillian Perholt, die es aufgegeben hatte, Orhan Rifat zuzuhören, der die Leichtgläubigkeit fiktiver Personen in den Texten wirklicher Personen von der des Lesers und der des Autors abzugrenzen beschäftigt war. Ich hatte eine feste Vorstellung von der Frau, die ich später einmal sein würde, und das war, scheint mir, bevor ich die Sexualität kennenlernte (sie hatte mit ihrem Körper die überwältigende Verzückung Kamarelzamans und Budurs nachempfunden), aber ich stellte mir vor, daß ich verheiratet sein würde, eine verheiratete Frau mit Schleier, Hochzeit, Haus und dem einen, der mir ergeben wäre wie der Dieb von Bagdad, und mit einem

Hund. Ich wünschte mir – aber nicht im entferntesten, heute als Narratologin in Ankara zu sitzen, was soviel interessanter und überraschender ist, dachte sie und versuchte sich auf Orhan Rifats Ausführungen über Schwellen und Schleier zu konzentrieren.

Am Tag darauf hatte sie einen halben Tag frei und besuchte das Anatolische Völkerkundemuseum, dessen Besuch ihr alle türkischen Freunde eindringlich ans Herz gelegt hatten, und dort begegnete sie einem »alten Seefahrer«. Der Wagen des British Council setzte sie am Eingang des Museums ab, das ein modernes Gebäude ist, in den Berg hineingebaut, eine auffällige Konstruktion aus Holz und Glas, ein stiller, nachdenklicher, zum Nachdenken einladender, eleganter Ort, wo ein, zwei Stunden allein zu verbringen und ihre herrliche Redundanz zu genießen sie sich vorgenommen hatte. Der alte Knabe tauchte geräuschlos hinter einer Säule oder Statue auf und berührte ihren Ellbogen. Amerikanerin? fragte er, und sie erwiderte entrüstet: Nein, Engländerin, womit sie sich nolens volens auf ein Gespräch einließ. Ich bin offizieller Führer, behauptete der Alte. Ich habe in Korea mit englischen Soldaten zusammen gekämpft, gute Soldaten, Türken und Engländer sind gute Soldaten. Er war ein schwerer, untersetzter, kahlköpfiger Mann mit Speckwülsten zwischen Schädel und Schultern, dessen nackter, breiter Kopf wie polierter Marmor glänzte. Er trug eine Schaffelljacke, ein militärisches Abzeichen und ein selbstverfertigtes Schildchen mit der Aufschrift FÜHRER. Seine Stirn wölbte sich tief über die Augenhöhlen – er besaß weder Brauen noch Wimpern –, und sein breiter Mund entblößte weißschimmernde große, falsche Zähne. Ich kann Ihnen alles zeigen, sagte er zu Gillian Perholt und hielt sie am Ellbogen fest, ich kenne Dinge, die Sie von allein niemals entdecken würden. Sie sagte weder ja noch nein, sondern ging in den Ausstellungsraum hinein, gefolgt von den schweren Schritten des muskulösen alten Mannes. Sehen Sie, sagte er, als sie in die Rekonstruktion einer Höhlenwohnung hineinsah, sehen Sie nur, wie sie damals lebten, die ersten Menschen, sie gruben sich Erdlöcher wie die Tiere, aber sie machten es sich drinnen gemütlich. Eines Tages rollten sie ein Stück Lehm zwischen den Handflächen, und sie sahen auf einmal im Lehm einen Kopf und einen Körper, ja, sie sahen ein Bein und einen Arm und drückten ein bißchen und zogen ein bißchen, und da war sie, die fette kleine Frau, die Sie hier sehen können. Die Leute damals verehrten das Fett, denn es bedeutete Kraft und Fruchtbarkeit und daß man den Winter überleben konnte, die nackten Menschen von damals waren sicher mager und halbverhungert vom Jagen und dem Kauern in den Erdlöchern, wo sie sich versteckten, und deshalb machten sie sie so fett wie möglich, weil Fett für sie Leben bedeutete. Und wer weiß, warum sie die erste kleine Frau schufen, als Puppe, als Abbild, als Geschenk für die Göttin, um sie günstig zu stimmen – ob zuerst die Göttin da war oder die Puppe, wissen wir nicht –, aber wir vermuten, daß sie sie anbeteten, die fette Frau, wir vermuten, daß sie glaubten, alles entstamme ihrem Loch, so wie sie selbst aus ihren unterirdischen Behausungen herauskamen, wie Pflanzen und Bäume im Frühling nach der Zeit der Dunkelheit hervorsprießen. Sehen Sie sie hier, hier ist sie sehr alt,

8000 Jahre, 9000 Jahre vor Ihrer christlichen Zeitrechnung, hier besteht sie nur aus dem Wesentlichen, einem Kopf, Armen, Beinen und einem wunderbaren dicken Bauch, Brüsten voller Milch, weder Hände noch Füße werden hier gebraucht, kein Gesicht, sehen Sie? So sieht sie aus, vor so langer, langer Zeit von menschlichen Fingern aus Lehm geformt, daß man es nicht wirklich denken kann.

Und Gillian Perholt sah die kleinen fetten Puppen mit ihren Bäuchen und Brüsten an und zog den eigenen Bauch ein und spürte in ihrem Herzen Todesfurcht, als sie an die jahrhundertealten Finger dachte, die Lehm zu Fleisch geformt hatten.

Und später, sagte er und führte sie von Figur zu Figur, wurde sie mächtig, sie wurde die Göttin auf dem Löwenthron, sehen Sie, hier sitzt sie, jetzt ist sie die Herrscherin der Welt, sie sitzt auf ihrem Thron und läßt die Arme auf den Köpfen der Löwen ruhen, und sehen Sie dort, wie der Kopf des Kindes zwischen ihren Beinen hervorkommt, sehen Sie, wie gut die Menschen von damals sich darauf verstanden haben zu zeigen, wie das Köpfchen des Babys sich bei der Geburt dreht.

Die kleinen gebrannten Tonfigurinen standen in Reihen da; sie waren einander alle ähnlich und waren alle verschieden. Die Frau, die aus lauter Speckwülsten zu bestehen schien, auf ihrem niedrigen Thron, gekrönt mit einem Reif aus Ton, und die Armlehnen des Throns, die von stehenden Löwen gebildet wurden, und ihre Hinterbacken, die hinten hervorquollen, und ihre schweren, herabsackenden Brüste und ihr sich leerender Bauch, der ganz naturalistisch zwischen ihren unförmigen, fetten Knien hing. Sie war eins mit ihrem

Thron, Macht des Fleisches. Ihre Hände waren Löwenköpfe, ihr Kopf war so kahl wie der des alten Soldaten und ging wie der seine in den fetten Hals über.

Heute gefallen uns unsere Mädchen nicht, wenn sie fett sind, sagte der Alte mit Bedauern. Wir wollen, daß sie aussehen wie junge Knaben, wie die Knaben des griechischen Gymnasiums dort drüben. Aber sehen Sie sie an, sehen Sie, wie mächtig sie war, wie ihre Macht beschworen wurde, indem man ihren Brüsten diese Form gab, die die guten Dinge verhieß, die man erhoffte.

Gillian Perholt sah den alten Soldaten, dessen Stimme von Inbrunst erfüllt war, nicht an; sie hatte nicht explizit zugestimmt, daß er sie erzählend begleitete, und der Oberlauf ihres Bewußtseins war mit unangenehmen Rechnereien beschäftigt, wieviel türkisches Bargeld sie bei sich hatte und was das in Pfund Sterling umgerechnet ausmachte und wieviel so ein Führer verlangen würde, wenn er zu Ende erzählt hatte und es ihr nicht gelungen war, ihn rechtzeitig abzuschütteln. So trotteten sie weiter, hintereinander, wobei sie den Kopf nicht wendete und ihn nicht ansah, wenn er von Vitrine zu Vitrine eilte und seinen massigen Körper gewandt und lautlos bewegte, als hätte er Filzpantoffeln an den Füßen. Und in den Vitrinen traten metallene Hirsche und Sonnenscheiben an die Stelle der Tonfigürchen, und die Geschichten des Mannes hinter ihr waren Geschichten von Königen und Heeren, von Opferungen und Gemetzeln, vom Opfern von Bräuten und von Sonnenopfern, und sie mußte wider Willen einverstanden sein, denn sie war zweifellos an den besten und selbstgewissesten Erzähler geraten, der sich nur denken ließ. Sie wußte über Hethiter und Mesopotamier und Babylonier und Sumerer in Kleinasien so gut wie nichts und über ägyptische und römische Einflüsse nur unwesentlich mehr, aber der alte Soldat wußte Bescheid, und aus einem Weinkrug mit zwei Ausgüssen in Form von Enten konnte er eine ganze Hochzeit erstehen lassen, aus einem Halsband aus Silber und Türkisen und einem jahrhundertealten Schminktiegel eine aufgeregte Braut, die in ihren bronzenen Handspiegel blickte – sein Flüstern beschwor ihr schwarzes Haar, ihre großen Augen, ihre Hand, die behutsam Kohl auftrug, ihre Zofe, ihr Kleid aus gefälteltem Leinen. Zwischen Jahrhunderten und Vitrinen sprach er auch von der Tüchtigkeit der britischen und türkischen Truppen im Koreakrieg, und Gillian erinnerte sich an die Worte ihres Mannes, daß die Strafen der Türken für Plünderungen und Deserteure so drakonisch gewesen seien, daß beides nicht vorkam. Und sie dachte daran, daß Orhan gesagt hatte: »Wenn die Leute an Türken denken, assoziieren sie Morde und Lüsternheit, was bedauerlich ist, denn wir sind ein komplizierter Menschenschlag und weisen vielerlei Wesensarten auf – darunter auch eine gewisse Grausamkeit und einen gewissen Hang zum Wohlleben.«

Die Löwen der Wüste bedeuteten den Menschen in Anatolien Tod, sagte der alte Führer, als sie sich dem Ende ihrer Erkundung näherten, die mit den Erdhöhlen begonnen und über die Zivilisationen, die die sonnengetrockneten Zikkurats gebaut hatten, zu denen geführt hatte, die die Löwentore von Ninive und Assur errichtet hatten. Die alte Gottheit saß auf einem Löwenthron, die Löwen waren Teil ihrer Macht, sie war

Erde und Löwen. Und später zähmten die Könige und Krieger die Löwen und eigneten sich ihre Kraft an, trugen ihre Felle und errichteten Löwenstatuen als Wächter vor den wilden Löwen. Hier sehen wir die persischen Löwen, sie heißen *aslan*, sie verkörpern Kraft und Tod, durch das Löwentor kann man in die Welt der Toten eingehen, wie Gilgamesch es auf der Suche nach seinem toten Freund Enkidu tat. Kennen Sie die Geschichte von Gilgamesch? fragte der alte Mann die Frau, während sie zusammen die Löwentore durchschritten, sie stets vor ihm und mit abgewendetem Blick. Im Museum waren verschiedene Mauern mit Reliefs und Tore mit Skulpturen zu Phantasiegängen und -höfen zusammengefügt, die wie ein Labyrinth im Kunstlicht dalagen. Mann und Frau waren jetzt, am späten Nachmittag, die einzigen Menschen im Museum, und die Stimme des alten Soldaten sank zu einem Flüstern, vielleicht aus Ehrfurcht vor den Werken der Toten, vielleicht aus Achtung vor der Stille ringsum, wo die Glasvitrinen im Schatten schimmerten.

Sehen Sie, sagte er, und seine Stimme klang plötzlich aufgeregt, sehen Sie, hier haben wir die Geschichte von Gilgamesch in Stein geschnitten, wenn man sie zu lesen versteht. Sehen Sie, hier ist der Held, in Tierhäute gekleidet, und hier ist sein Freund, der wilde Mann mit seiner Keule – hier begegnen sie einander, hier ringen sie miteinander und schließen auf der Schwelle des Königspalastes Freundschaft. Kennen Sie Enkidu? Er war ein behaarter Riese, der mit den Tieren in Wald und Flur lebte und ihnen half, Jägern und Fallenstellern zu entkommen. Aber die Fallensteller verlangten von Gilgamesch, dem König, daß er eine Frau, eine Hetäre, aussandte, die Enkidu dazu verleitete, die Welt der Gazellen und Herden zu verlassen und zum König zu kommen, der mit ihm kämpfte und ihn lieben lernte. Und sie waren unzertrennlich und töteten gemeinsam den Riesen Humbeba – sie überlisteten ihn und töteten ihn im Wald. Sie überlisten ihn und töten ihn, sie sind jung und stark, nichts ist ihnen unmöglich. Aber Gilgameschs Jugend und Kraft wecken die Aufmerksamkeit der Göttin Ischtar – sie war die Göttin der Liebe und des Krieges, sie ist die gleiche Göttin wie Kybele und Astarte, gnädige Frau, und als die Römer ihre Diana erfanden, war auch sie die gleiche Göttin, schrecklich und schön, um ihre Tempel versammelten sich die Hetären – Tempelhuren –, denen man sich nicht verweigern durfte. Und Ischtar wollte Gilgamesch heiraten, aber er wies sie ab – er dachte, sie wolle ihn überlisten und vernichten, und er war so unklug, ihr das zu erzählen, er sagte zu ihr, daß er sie nicht wolle, daß er frei bleiben wolle, denn sie habe Tammuz vernichtet, den die Frauen beklagten, so sagte er, und sie habe Schafhirten in Wölfe und abgewiesene Liebhaber in blinde Maulwürfe verwandelt und habe die Löwen in den Gruben und die Pferde im Kampfgetümmel zu Tode gebracht, obwohl sie sie um ihres Feuers willen liebte. Und das erzürnte Ischtar, und sie sandte einen großen Stier vom Himmel, der das Königreich zerstören sollte, doch die Helden töteten ihn – sehen Sie, hier auf dem Stein rammen sie ihm das Schwert zwischen die Hörner –, und Enkidu riß dem Stier einen Schenkel aus und warf ihn Ischtar ins Gesicht. Und sie befahl den Tempelhuren, den Stier zu beweinen, und beschloß Enkidus Tod. Sehen Sie, hier liegt er auf dem Krankenlager und träumt vom Sterben. Denn junge Menschen wissen nichts vom Tod, sie stellen sich den Tod als Löwen oder Stier vor, den man bezwingen kann. Kranke Menschen aber wissen, was der Tod ist, und Enkidu träumte vom Kommen des Todes, eines Vogelmenschen mit dem Gesicht eines Ghuls und mit Klauen und Gefieder – denn das Schreckensbild vom Tode ist, wie Sie sehen, vom Geier abgeleitet –, und er träumte, sein Tod erwürge ihn und verwandle ihn in den Vogelmenschen und er suche den Palast der Götter der Unterwelt auf, und dort, so sah es Enkidu in seinem Traum, war kein Licht und keine Freude, und die Menschen dort aßen Staub und Erde. Dort unten gibt es auch eine Göttin – hier haben wir sie –, Ereschkigal, die Göttin der Unterwelt. Und Gilgamesch und Enkidu weinten über diesen Traum – er erschreckte sie, nahm ihnen alle Kraft –, und dann starb Enkidu unter furchtbaren Schmerzen, und Gilgamesch war untröstlich. Er konnte sich nicht damit abfinden, daß sein Freund gestorben war und nie wiederkehren würde. Er war jung und gesund, er konnte sich nicht damit abfinden, daß es den Tod auf der Welt gab. Junge Männer sind nun einmal so, wie Sie wissen – sie meinen, sie könnten abwehren, was in der Zukunft liegt, weil ihr Blut heiß und ihr Körper kräftig ist.

Und Gilgamesch entsann sich seines Ahnen Utnapischtim, der als einziger Mensch die Sintflut überlebt hatte und von dem es hieß, er lebe in der Unterwelt und sei im Besitz des Geheimnisses des ewigen Lebens. Und Gilgamesch machte sich auf und gelangte zum Berg Mâschu, dessen Tor von Skorpionmenschen bewacht wurde, Dämonen, Drachen vergleichbar. Wir können so tun, als sei dieses Tor das Tor zur Unterwelt, denn es ist das Tor, durch das die Sonne jeden Tag hindurchgeht – die Sumerer, die Babylonier brachten an ihren Gebäuden große Tore an, die von steinernen Wächtern bewacht wurden. Sehen Sie hier, die Löwen, hier, an diesem Tor, die Geister – wie sagen Sie? Geister? – es gab in Babylonien gute und böse Geister, sie hießen *utukku*, und manche waren gut, manche böse – die guten Geister sahen so aus wie diese Wächter hier, wie Stiere mit Flügeln und den Gesichtern weiser Männer, und sie heißen *shedu* oder *lamassu* – sie stehen hier als Wächter, aber sie konnten auch andere Gestalt annehmen und unsichtbar den Menschen auf den Straßen folgen; manche sagen, jeder habe seinen eigenen Geist gehabt, und diese Geister beschützten ihre Menschen, und ein altes Sprichwort besagt: »Wer keinen Geist hat, wenn er auf die Straße geht, trägt Kopfschmerzen wie ein Gewand.« Finden Sie das nicht auch interessant?

Gillian Perholt nickte. Sie hatte selbst Kopfschmerzen – seit sie den Griseldis-Ghul erblickt hatte, hatte sie eine Art von Dauerkopfweh, begleitet von plötzlichen Stichen unsichtbarer Stilette oder Eissplitter, und alle Gegenstände zwischen dem Tor und den erzählenden Reliefs der Steintafeln besaßen einen leichten grauen Schimmer. Der alte Soldat war immer lebhafter geworden und begann nun, Gilgameschs Ankunft vor dem Tor des Berges Mâschu darzustellen; er tanzte fast wie ein Bär, trat vor und zurück, blickte empor, sprang rasch vom Hof zu den Torpfosten, wo er die Finger als Hörner vom kahlen Schädel abspreizte und als Skorpionmensch Gilgamesch antwortete. (Es sind *gute* Geister, gnädige Frau, flocht er ein. Es hätten auch gefährliche Skorpionmenschen sein können, *edimmu* oder, schlimmer noch, *arallu*, die aus der Unterwelt kamen und Seuchen über die Erde brachten, sie entstammten der Galle der Göttin; Sie müssen sich an Stelle dieser geflügelten Stiere furchterregende Skorpionmenschen vorstellen.) Sie sagen: »Warum bist du gekommen?« Und Gilgamesch sagt: »Wegen meines Freunds Enkidu und um meinen Vater Utnapischtim unter den Göttern aufzusuchen.« Und sie sagen: »Kein vom Weibe Geborener ist in diesen Berg eingedrungen; er ist tief, kein Licht dringt hinein, und die Finsternis bedrückt das Herz. Bedrückt das Herz.« Er sprang wieder hinaus und schritt entschlossen als Gilgamesch durch das Tor hinein. Sie dachte: Er ist ein Nachfahre der Aschugen, von denen ich gelesen habe, die Fellkleidung trugen und einen Hut aus Fell und einen Knüppel oder einen Degen als Requisit ihrer Zunft mit sich führten. Mit den Knüppeln vollführten sie Schattenspiele an den Wänden von Kaffeehäusern und auf Marktplätzen. Der Schatten des alten Soldaten gestikulierte zwischen den *utukku*: Er war Gilgamesch, von der Finsternis bezwungen; er gelangte ans Licht und zur »Schenkin« Siduri im Garten am Meeresstrand mit goldenen Schalen und goldenen Fässern voller Wind; er gelangte zum Fährmann Urschanabi, den es entsetzte, jemanden über die Wasser des Todes zu führen, jemanden, der mit Fellen bekleidet war und Fleisch aß. Er war, fiel es Gillian Perholt mit einemmal ein, Karagöz und Hacivat verwandt, den komischen Helden und Conferenciers des türkischen Schattentheaters, die gegen Dämonen aus der Unterwelt und gegen vollgefressene Kapitalisten kämpften. Orhan Rifat war ein guter Puppenspieler: Er besaß einen Lederkoffer voller kleiner Spielfiguren, die er hinter einem aufgespannten Laken ebenso wie vor einer weißen Mauer zum Leben erwecken konnte.

»Und Utnapischtim«, sagte der alte Seefahrer, setzte sich plötzlich auf einen steinernen Löwen und richtete den Blick auf Gillian Perholt, »Utnapischtim verriet Gilgamesch, daß es eine Pflanze, eine Blume gab, die unter Wasser wuchs, eine Blume mit spitzen Dornen, die seine Hände stechen würden, doch gelang es ihm, sie zu besitzen, würde er seine Jugend wiedererlangen. Und Gilgamesch befestigte schwere Steine an seinen Füßen und versank im tiefen Meer und wandelte auf dem Meeresgrund und gelangte zu der Pflanze, die ihn stach, aber er ergriff sie und brachte sie ans Tageslicht mit. Und Gilgamesch machte sich erneut mit dem Fährmann Urschanabi auf, um die Blume den alten Männern der Stadt Uruk zu bringen, um ihnen ihre Jugend wiederzubringen. Und als sie lange, lange gereist waren«, sagte der alte Seefahrer, der seinen schlurfenden Tanz zwischen den alten Denkmälern beschrieb, »kam Gilgamesch zu einer tiefen Quelle mit kühlem Wasser, und er badete darin und erfrischte sich. Doch tief im Wasser lebte eine Schlange, und die Schlange roch den süßen Duft der Blume. Und sie schwamm empor und nahm die Blume und fraß sie. Und dann warf sie ihre Haut ab und schwamm wieder davon und war nicht mehr zu sehen. Und Gilgamesch setzte sich nieder und weinte, die Tränen rannen ihm das Gesicht hinab, und er sagte zum Fährmann Urschanabi: ›Habe ich deshalb all die Mühsal auf mich genommen, habe ich deshalb das Blut aus meinem Herzen gepreßt? Nichts habe ich für mich selbst erlangt – nicht ich besitze, was ich suchte, sondern ein wildes Tier besitzt es. Ich fand die Gabe und verlor sie.‹«

Der schwere, kahle Kopf wandte sich erneut zu Gillian Perholt, die wimpernlosen Lider senkten sich für einen Augenblick matt über die Augäpfel, als wäre der alte Mann erschöpft. Die ungeschlachten Hände machten sich an der Tasche der vliesgefütterten Jacke zu schaffen, als wären die Finger die des Gilgamesch, die nach dem Verlorenen suchten. Und vor ihrem inneren Auge sah Gillian die abgeworfene Schlangenhaut, den papiernen Schatten einer Schlange, der am Rande der Quelle auf dem Wasser schwamm, in das die kraftvolle Schlange mit einem Satz hineingetaucht war.

»Was heißt das, gnädige Frau?« fragte der Alte. »Es heißt, daß Gilgamesch jetzt sterben muß – er sah, daß er Dornen und Pflanze ergreifen und das ewige Leben erhalten konnte, aber die Schlange nahm ihm die Pflanze, nicht aus Bosheit, sondern aus Zufall, weil der süße Geruch sie verlockte. Es ist traurig, eine Gabe zu finden und sie zu verlieren, es ist eine traurige Geschichte, denn in den meisten Geschichten, wo man sich auf die Suche nach etwas macht, erringt man es nach Mühsal und Plagen, so scheint es mir, aber hier nahm das Tier, das wilde Geschöpf, die Gabe aus reinem Zufall nach aller Mühsal des Helden. Es waren traurige Menschen, gnädige Frau, Menschen voller Traurigkeit. Der Tod stand ihnen immer vor Augen.«

Als sie ins Tageslicht zurückkehrten, gab sie ihm, was sie an türkischem Geld bei sich hatte, und er schaute es an, zählte es und steckte es ein. Sie hätte nicht sagen können, ob er es für zuviel oder für zuwenig hielt: Die Falten seines kahlen Kopfes furchten sich tiefer beim Zählen. Der Fahrer des British Council wartete im Wagen, und sie ging zu ihm. Als sie sich umwandte, um sich von dem Alten zu verabschieden, war er verschwunden.

Türken sind Meister der Geselligkeit. In Izmir war Gillian Perholt mit Orhans Freundeskreis zusammen – Wissenschaftler und Schriftsteller, Journalisten und Studenten. »Smyrna«, sagte Orhan, als sie in die Stadt einfuhren und sich während der Fahrt am Hafen entlang vor dem Kotgestank die Nase zuhielten, »das Smyrna der Händler«, und sie sahen zu der stillen Stadt auf ihrem konischen Hügel hoch. »Smyrna, das wir gerne für Homers Geburtsort halten, das nach Ansicht der meisten sein Geburtsort ist.«

Es war Frühling, die Luft war leicht und voller Sonnenschein. In kleinen Restaurants aßen sie gefüllte Paprikaschoten und Weinblätter, Kebabs und rauchig schmeckende Auberginen; sie machten Ausflüge und aßen gebratene Fische an einem improvisierten Tisch neben einem winzigen Hafen und sahen dabei auf die zeitlos wirkenden Fischerboote, die nach den Sternen und dem Mond benannt waren. Sie erzählten einander Geschichten. Orhan erzählte von seinen tragikomischen Auseinandersetzungen mit den Behörden um seinen Bart, den abzunehmen von ihm verlangt worden war, andernfalls er nicht unterrichten durfte. In der modernen Türkei gilt ein Bart als Symbol der Religiosität oder des Marxismus, und beides ist tabu. Er hatte sich kurzzeitig den Bart abrasiert, der inzwischen wieder sproß, wie gemähtes Gras, sagte Orhan, noch dicker und fülliger. Das Gespräch kam auf Dichter und Politik: auf das Exil von Halikarnassos, auf die Einkerkerung des großen Dichters Nazim Hikmet. Orhan rezitierte Hikmets Gedicht *Trauerweide* mit dem gefallenen Reiter und dem dröhnenden Hufschlag der roten Reiterscharen, die davongaloppieren. Und Leyla Serin rezitierte Faruk Nafiz Çamlibels Gedicht *Göksu* mit seiner eigenen Trauerweide.

Wenn mein Herz sich in Göksu ergehen will,
Wird der Garten meiner Träume eins mit dem Wald.
Ein ferner Schleier sind die Rosen im Dämmerlicht,
Die Weidenzweige eine gespenstisch verhüllte Gestalt.

Bülbül und Wiedehopf längst vergangener Zeit
Singen im Dunkeln ihr uraltes Lied,
Das blaue Wasser spiegelt und hört,
Wie Nedim im sechsrudrigen Schiff vorbeizieht . . .

Und Gillian erzählte die Geschichte ihrer Begegnung mit dem alten Soldaten im Völkerkundemuseum. »Vielleicht war es ein Dschinn«, sagte Orhan. »Dschinn schreibt sich auf türkisch CIN, und wenn man einem solchen Geist begegnet, kann man ihn daran erkennen, daß er nackt und unbehaart ist. Sie können unterschiedliche Gestalt annehmen, aber in menschlicher Gestalt sind sie völlig unbehaart.«

»Er hatte eine haarige Felljacke an«, sagte Gillian, »aber er war haarlos. Seine Haut war wachsgelb wie Bienenwachs, und nirgends waren irgendwelche Haare zu sehen.«

»Zweifellos ein Dschinn«, sagte Orhan.

»Wie läßt sich dann«, fragte der junge Attila, der über »Bajazet im Harem« gesprochen hatte, »die Königin von Saba erklären?«

»Was ist an ihr zu erklären?« fragte Orhan zurück.

»Der islamischen Überlieferung zufolge«, sagte Attila, »begab sich Salomon von Mekka nach Saba, um die Königin zu sehen, von der es hieß, sie habe haarige Beine wie ein Esel, weil sie Tochter eines Dschinns sei. Und Salomon bat sie, seine Frau zu werden, und ihm zu Gefallen verwendete sie Tinkturen und Kräuter, um ihre Beine so weich und glatt zu machen wie die Haut eines Säuglings . . .«

»*Autres pays, autres mœurs*«, sagte Leyla Doruk. »Dschinnen lassen sich nicht über einen Leisten schlagen. Dr. Perholts *naqqual* scheint eine ausgesprochene Ähnlichkeit zum Erdgeist in der Geschichte von Prinz Kamarelzaman aufzuweisen, findet ihr nicht auch?«

Sie machten auch einen Ausflug nach Ephesos, einer weißen Stadt, die teilweise von den Toten auferstanden ist: Man kann eine Marmorstraße entlanggehen, die Paulus gegangen sein muß; Säulen und Säulenvorbauten, die Hülle einer vornehmen Bibliothek, Tempel und Karyatiden erheben sich wieder in der Frühlingssonne. Der junge Attila runzelte die Stirn, als sie an den Tempelfassaden vorbeigingen, und sagte, sie jagten ihm einen Schauer den Rücken hinunter: Gillian dachte, er spiele auf den Untergang all dieser Nationen an, aber es stellte sich heraus, daß er damit etwas weit Primitiveres und Naheliegenderes gemeint hatte, nämlich Erdbeben. Und als er das sagte, betrachtete auch

Gillian die geborstenen Steine mit einem bangen Gefühl.

Im Museum befinden sich zwei Statuen der Artemis von Ephesos, deren Tempel, das Artemision, zu den Sieben Weltwundern der Antike zählte und im neunzehnten Jahrhundert von einem eigensinnigen englischen Ingenieur namens John Turtle Wood mit der richtigen Intuition wiederentdeckt worden war. Die Kolossalfigur ist strenger als die kleinere; wie Kybele, die Große Mutter, ist sie mit einem Turm gekrönt, mit einem Tempel, unter dessen Bogen sechs geflügelte Sphinxe kauern. Ihr Körper gleicht einer hochaufragenden Säule: Die Hüften sind als Form erkennbar, doch wie einen Rock trägt sie die Tiere der Felder, Wälder und Himmel, alles geometrisch in Vierecken zwischen gemeißelten Seilen jeweils zu zweit oder zu dritt angeordnet: Stiere, Widder, Antilopen, geflügelte Stiere, fliegende Sphinxe mit Frauenbrüsten und Löwenköpfen, geflügelte Männer und große hieratische Bienen, denn die Biene ist ihr Symbol und das Symbol der Stadt Ephesos. Girlanden von Blumen und Früchten, aus dem Steinblock geschnitten, aus dem sie besteht, schmücken sie; Löwen kauern in ihrer Armbeuge (ihre Hände fehlen), und ihr Kopfschmuck oder Schleier besteht aus Reihen geflügelter Stiere, die den Geistern an den Toren im Museum von Ankara ähneln. Und sie präsentiert – wie ein Dattelverkäufer Datteln präsentieren würde – die drei Reihen ihrer prallen Brüste, sieben, acht und acht, in Stein gemeißelte Fruchtbarkeit. Die kleinere Artemis, von den Türken Güzel Artemis und von den Franzosen La Belle Artémis genannt, ist vor einer Ziegelmauer aufgestellt; ihr Gesicht mit der Andeutung eines Lächelns wirkt weniger ägyptisch, etwas orientalischer. Auch sie trägt die Tiere der Erde und der Luft wie ein Gewand, die Stiere und Antilopen, die geflügelten Stiere und Sphinxe, und die Löwen lagern unter den Reihen herabbaumelnder Brüste im Schatten. Auch ihre Kopfbedeckung ist aus geflügelten Stieren gefertigt, doch ihre Tempelkrone ist verschwunden. Sie besitzt jedoch noch ihre Füße, die nebeneinander stehen und von einem Schlangenschwanz oder etwas ähnlichem umschmiegt sind, und zu diesen Füßen liegen Bienenkörbe mit Honigwaben. Ihre Augen mit den schweren Lidern sind weit geöffnet: Sie blickt hinaus.

Orhans Gesellschaft bewunderte die Göttin. Orhan verbeugte sich vor ihr, und Leyla Doruk und Leyla Serin erläuterten Gillian Perholt den Kult der Göttin, die ohne Zweifel eine weit ältere Gottheit war als die Artemis der Griechen oder die Diana der Römer, eine asiatische Erdgottheit, eine Kybele, Astarte oder Ischtar, in deren Tempel Jungfrauen und Tempelhuren dienten, wo üppiges Wohlleben und schreckliche Blutopfer stattfanden, wo die männlichen Priester sich im Taumel der Anbetung selbst kastrierten, so wie die sterbenden Götter Tammuz, Attis, Adonis, deren Blut die Flüsse rötete, die zum Meer flossen. Die Frauen beweinten diese sterbenden Gottheiten, sagte Leyla Serin. Man nahm an, daß Coleridge seine wunderbare Wendung von der »Frau, die um den Dämon klagt, der ihr Geliebter war«, einer Beschreibung dieser rituellen Trauerfeiern entlehnt hatte.

Es gab einen Priester, sagte Leyla Doruk, den Megabyxus, was ein persischer Name mit der Bedeutung

»durch Gott befreit« ist. Wahrscheinlich war er ein Eunuch aus fremdem Land. Es gab drei Priesterinnen, die jungfräuliche Priesterin, die Novizin, welche die künftige Priesterin war, und die alte Priesterin, welche die jungen in ihrem Amt unterwies. Sie hießen Melissae, Bienen. Und es gab Priester, die als Acrobatae bezeichnet wurden und auf Zehenspitzen einhergingen, und solche, die Essenes hießen, was wiederum ein nichtgriechisches Wort ist und Bienenkönige heißt – damals wußte man nicht, daß die Bienenkönigin kein König ist, das wissen wir heute . . .

»Ihre Brüste haben etwas Erschreckendes«, sagte Gillian Perholt. »Wie die Schlangen der Medusa, zu viele, aber das Zuviel geometrisch geordnet.«

»Manche vertreten heute die Ansicht, es seien keine Brüste, sondern Eier«, sagte Attila. »Symbole der Wiedergeburt.«

»Es *müssen* Brüste sein«, sagte Gillian Perholt. »Man kann sie an dieser Statue unmöglich für etwas anderes halten.«

»Manche behaupten«, sagte Leyla Doruk lächelnd, »es seien Stierhoden, die man ihr zum Opfer brachte und an ihr aufhing, um sie zu ehren, verstehen Sie, so wie es einst mit den – Körperteilen der kastrierten Priester getan worden war.«

Sie waren rund und voll und steinern.

»Es sind Metaphern«, sagte Orhan. »Sie bedeuten vieles gleichzeitig, so wie auch die Sphinxe und geflügelten Stiere vieles gleichzeitig bedeuten können.«

»Unsere Göttin beeindruckt Sie«, sagte Leyla Doruk.

Sie ist nicht eure Göttin, dachte Gillian. Ihr seid Nachzügler. Sie ist älter und machtvoller. Und dann dachte sie: Aber sie gehört euch eher an als mir. Die Ziegelwand hinter Güzel Artemis, der schönen Artemis, war mit Efeuranken aus Plastik behängt, die im Sonnenlicht zu einem Cremeton verblichen.

Die zwei Leylas standen mit Gillian Perholt vor der Güzel Artemis und ergriffen sie lachend beide am Arm.

»Jetzt, Dr. Perholt«, sagte Leyla Serin, »müssen Sie sich etwas wünschen, denn wer an dieser Stelle zwischen zwei Personen mit dem gleichen Namen steht, kann einen Wunsch tun, und der Wunsch wird in Erfüllung gehen.«

Leyla Doruk war imposant und üppig; Leyla Serin war zierlich und lebhaft. Beide hatten große, dunkle Augen und wunderschöne Haut. Gillian Perholt kam sich neben ihnen verschwitzt, angelsächsisch, gepolstert und ungeschlacht vor. Sie war es gewohnt, solche Gefühle zu überspielen. Sie lachte ebenfalls und sagte:

»Als Narratologin weiß ich natürlich, daß bei Wünschen nie etwas Gutes herauskommt, weil es zur Natur der Wünsche gehört, den Wünschenden zu düpieren.«

»Nur wenn man sich etwas Törichtes wünscht«, sagte Leyla Serin. »Nur wenn man gedankenlos einen dummen Wunsch tut.«

»So wie der Bauer, der einem Zaubervogel das Leben rettete und drei Wünsche geschenkt bekam, und er wünschte sich Bratwürste zum Abendessen, und schon waren sie in der Pfanne, und seine Frau sagte zu ihm, was für ein idiotischer Wunsch das sei, sich nichts Besseres einfallen zu lassen als Bratwürste, und er geriet in so große Wut, daß er ihr die Bratwürste an die Nase wünschte, und schon waren sie dort, so daß zwei Wünsche vertan waren und ihm nichts anderes übrigblieb, als den dritten darauf zu verwenden, sie von den Bratwürsten zu befreien.«

Für einen Moment war die nordische fiktive Bäuerin mit ihrer Gesichtszier aus Bratwürsten in aller Vorstellung vor der Göttin mit den Reihen baumelnder Brüste zu sehen, und alle lachten. Tu einen Wunsch, sagte Orhan. Du bist ja wohl intelligent genug, dir nichts Törichtes zu wünschen.

»In England«, sagte Gillian, »ist es üblich, wenn man seinen Geburtstagskuchen anschneidet und sich etwas wünscht, laut zu schreien, vielleicht um das Messer von sich fortzulenken.«

»Schreien Sie nur, wenn Sie wollen«, sagte Leyla Serin.

»Wir sind nicht in England«, sagte Gillian Perholt. »Und es ist nicht mein Geburtstag. Ich werde also nicht schreien, sondern mich bemühen, intelligent zu sein, wie Orhan es befohlen hat.«

Sie schloß die Augen und konzentrierte sich und tat ihren Wunsch, wobei sie, wie so oft zuvor, den roten Schimmer ihrer Augenlider sah und das Blut ganz leise in ihren Ohren rauschen hörte. Sie wünschte sich präzise und sorgfältig, daß man sie einladen würde, den Hauptvortrag auf der Narratologenkonferenz in Toronto im kommenden Herbst zu halten, und sie fügte dem einen Wunsch nach einem Flugticket für die erste Klasse und einem Hotel mit Swimmingpool hinzu, sozusagen ein Kombiwunsch, wie sie dem Blut erklärte, das in ihren Augen und Ohren pulsierte, und dann öffnete sie die Augen und schüttelte den Kopf vor der lächelnden Artemis. Die anderen lachten. Sie haben so ernst ausgesehen, sagten sie und drückten lachend ihre Arme, bevor sie sie losließen.

Sie wanderten im alt-neuen Ephesos herum und gelangten zum Theater. Orhan stellte sich vor die Ruinen der Bühne und sprach rhythmisch klingende Sätze auf türkisch, die ersten Worte des Dionysos, die schreckliche, heitere, drohende Rede des Dionysos zu Beginn der *Bakchen*, wie er Gillian danach erklärte. Dann legte er sich einen Arm über die Schulter und war nun in einen Umhang gehüllt, steif und gespreizt, während er zuvor geschmeidig, sanft und orientalisch gewesen war. »Paß auf, Gillian«, sagte er:

»Wär mir's nicht untersagt,
Das Innre meines Kerkers zu enthüllen,
So höb' ich eine Kunde an, von der
Das kleinste Wort die Seele dir zermalmte,
Dein junges Blut erstarrte, deine Augen
Wie Stern' aus ihren Kreisen schießen machte,
Dir die verworrnen krausen Locken trennte,
Und sträubte jedes einzlne Haar empor
Wie Nadeln an dem zorngen Stacheltier:
Doch diese ewge Offenbarung faßt
Kein Ohr von Fleisch und Blut.«

»Engel und Boten Gottes, steht uns bei!« sagte Gillian lachend und erinnerte sich daran, wie Orhan als junger Mann auf der englischen Studentenbühne stolziert war, und sie dachte an Mehmet den Eroberer, wie Bellini ihn gesehen hatte, ausdrucksvoll, wachsam und gefährlich.

»Ich war damals nicht schlecht«, sagte Orhan. »Es war seine eigene Rolle. Shakespeare hat selbst den Geist gespielt. Wußtest du das, Attila? Wenn du diese Worte sprichst, sprichst du die Worte, die er gesprochen hat.«

»Nicht auf dieser Bühne«, sagte Attila.

»Jetzt schon«, sagte Orhan. »Jetzt sehr wohl.«

Die Engel hatten Gillian an Paulus denken lassen. Engel hatten das Gefängnis des Paulus in Ephesos aufgerissen. Sie hatte in der Sonntagsschule gesessen und gehört, wie eine Fliege summend die verschmierte Scheibe eines Fensters hoch oben in der Sakristei absuchte und hatte die Geschichten von Paulus und den anderen Aposteln mit Mißvergnügen angehört, weil sie wahr waren, ihr als wahre Geschichten erzählt wurden, was offenbar verhinderte, daß die Phantasie sich auf fruchtbare Weise mit ihnen beschäftigte, wahrscheinlich weil sie nicht glauben konnte, daß man es von ihr verlangte. Sie war Hamlet und sein Vater und Shakespeare: Sie sah Miltons Schlange und das fliegende Pferd des Diebs von Bagdad, aber den Engeln des Paulus haftete immer der Verdacht des Erfundenen an, weil man ihr eingetrichtert hatte, daß sie etwas Besonderes seien, weil sie *wahr* seien. Paulus war nach Ephesos gekommen, um den Leuten zu verkünden, daß Artemis keine wahre Gottheit, nicht wirklich sei, da sie von Menschenhänden geformt war. Hier hatte er gestanden, in ebendiesem Theater, wie ihr langsam klar wurde; dieser reale Mensch, ein provinzieller Wichtigtuer mit einer Botschaft, hatte hier gestanden, wo sie stand. Es fiel ihr schwer, sich das vorzustellen, weil Paulus ihr immer so papieren erschienen war, verglichen mit Dionysos, Achilles oder Priamos, die sie nach ihm kennengelernt hatte. Und doch war er hier gewesen, um seinem Zorn auf Götter von Menschenhand Ausdruck zu verleihen. Er hatte die Welt verändert. Er hatte andere verfolgt und war auf dem Weg nach Damaskus von Licht geblendet worden (in diesem Augenblick war er nicht papieren, sondern vom Licht wie von einem Blitzschlag getroffen) und hatte sich aufgemacht, um den neuen Gott zu verkünden, den er nicht in menschlicher Gestalt erlebt hatte. In Ephesos »erhob sich eine nicht geringe Unruhe«, denn Paulus hatte dort mit seiner neuen Lehre einen Goldschmied »mit Namen Demetrius« verärgert, »der machte silberne Tempel der Diana und wandte denen vom Handwerk nicht geringen Gewinn zu«. Demetrius wiegelte die Epheser gegen Paulus auf, welcher behauptete: »Was von Händen gemacht ist, das sind keine Götter«, indem er sagte, es werde nicht nur das Gewerbe der Gold- und Silberschmiede bedroht, sondern »auch der Tempel der großen Göttin Diana wird für nichts geachtet werden, und sogar ihre göttliche Majestät wird untergehen, welcher doch die ganze Landschaft Asiens und der Weltkreis Anbetung erzeigt«.

Und »als sie das hörten, wurden sie voll Zorn, schrien und sprachen: Groß ist die Diana der Epheser!

Und die ganze Stadt ward voll Getümmel; sie stürmten aber einmütig zum Theater und ergriffen Gajus und Aristarchus aus Mazedonien, des Paulus Gefährten«.

Im Theater riefen dann alle zwei Stunden lang: Groß ist die Diana der Epheser; und wegen dieses Aufruhrs, den der Kanzler der Stadt besänftigte, verließ Paulus die Stadt der Epheser und reiste nach Mazedonien.

So kam es, daß der jähzornige Apostel sich angesichts der Macht der Göttin und des Geschäftssinns der Handwerker geschlagen geben mußte.

»Wissen Sie«, sagte Leyla Doruk, »daß Ihre Heilige Jungfrau hierher kam und hier gestorben ist? Es ist nicht sicher, so wie nicht sicher ist, ob Homer in Izmir geboren wurde, aber es wird überliefert, und ihr Haus entdeckte man, weil eine kränkelnde deutsche Dame es im neunzehnten Jahrhundert in Visionen sah, das Haus und die Hügel, und als man es nachprüfte, war das Haus da, so heißt es jedenfalls. Wir nennen es Panaya Kapulu, und eine christliche Kirche gibt es auch. Es heißt, sie sei mit Johannes hergekommen und hier gestorben.«

In einem Nachtclub in Istanbul hatte Gillian einmal schockiert, ohne daß sie hätte sagen können, warum, gesehen, daß eine der kitschigen, rosa und blau bemalten lebensgroßen Marienstatuen aus Gips als Teil der Dekoration diente, halb Hutständer, halb Stummer Diener, wie es einer indischen Gottheit mit vielen Armen oder einer gipsernen Venus in einem westlichen Nachtclub widerfahren kann. Und nun sah sie plötzlich eine fassungslose alte Frau, eine Frau mit verdorrtem Schoß und leeren Augen, eine Frau, deren Sohn vor ihren Augen grausam und ganz langsam zu Tode gebracht worden war, die durch die Straßen von Ephesos schlurfte und still auf den Tod wartete, bis er kam. Und dann, danach, war diese alte Frau, diese reale alte Frau Teil der Muttergottheit geworden, der Syria Dea, der gekrönten Königin. Gillian Perholt war sich mit einemmal jedes Zentimeters ihrer eigenen schlaffen und sterbenden Haut bewußt. Sie dachte an die steinernen Augen der Göttin, an ihre gefährliche Würde, an ihre zweideutigen prallen Brüste, tote Hoden, unverletzte Eier, die triumphierend um sie geschlungen waren, und sie begriff, daß es nicht darum ging, ob etwas real oder nicht real war, daß die Göttin lebendiger, tatkräftiger und unendlich viel mächtiger als sie, Gillian Perholt, war, gewesen war und in voraussehbarer Zukunft sein würde, daß sie hier vor ihren Kindern und vor Orhans Kindern und vor deren Kindern stehen und lächeln würde, wenn sie selbst längst zu Staub zerfallen sein würden.

Und als sie das inmitten der Gruppe fröhlicher Freunde mitten im Theater von Ephesos dachte, erlebte sie erneut das befremdliche Innehalten ihres eigenen Lebens, das sie bei der Vision der geduldigen Griseldis überkommen hatte. Sie streckte Orhan eine Hand entgegen, die sie nicht weiter bewegen konnte; und es war ihr, als befinde sie sich in einer großen, summenden dunklen Wolke, durchzuckt von feurigen Blitzen, und als könne sie Blumen riechen, ihr eigenes Blut riechen, als könne sie es in ihren Adern rauschen und dröhnen hören, aber sie konnte keinen Nerv, keinen Muskel rühren. Und nach einem kurzen Moment entrang sich etwas wie ein Schluchzen ihrer Kehle, und Orhan sah, in welcher Verfassung sie war, und legte ihr einen Arm um die Schulter und stützte sie, bis sie zu sich kam.

Im Flugzeug auf dem Weg zurück nach Istanbul sagte Orhan zu Gillian: »Gillian, verzeih mir, aber ist wirklich alles in Ordnung?«

»Ich habe mich nie besser gefühlt«, sagte sie, was in vielerlei Hinsicht stimmte, doch sie wußte, daß sie ihm eine Antwort schuldig war. »Ich will damit tatsächlich sagen, daß ich mich jetzt lebendiger fühle als je zuvor. Aber in letzter Zeit hatte ich den Eindruck, daß mein

Schicksal – das heißt mein Tod – auf mich wartet und sich ab und zu bemerkbar macht, um mich an sein Vorhandensein zu erinnern. Es ist kein Kampf. Ich wehre es nicht ab. Das Fremde übernimmt für einen Augenblick die Regie und zieht sich dann wieder zurück. Je lebendiger ich bin, um so unvermittelter überfällt es mich.«

»Meinst du, du solltest einen Arzt aufsuchen?«

»Obwohl ich völlig *gesund* bin, Orhan?«

»Ich bin sehr froh, daß du so gesund bist«, sagte Orhan. Das Flugzeug landete in Istanbul, und die Passagiere begannen auf entzückende Weise höflich zu klatschen, vielleicht als Beifall für das Geschick des Piloten, vielleicht als Beifall, weil man abermals dem Schicksal zu entrinnen verstanden hatte.

In Istanbul kehrte Orhan Rifat, ein sehr glücklich verheirateter Mann, zu seiner Familie zurück, und Gillian Perholt zog für ein paar Tage in das Peri-Palas-Hotel, das nicht das berühmte Pera-Palas in der alten europäischen Stadt auf der anderen Seite des Goldenen Horns war, sondern ein neues Hotel von der Art Hotels, die Gillian am besten gefiel, wo große, harte Betten, elegante Badezimmer mit vielen Spiegeln, Aufzüge und ein Schwimmbad mit landesüblichen Formen und Mustern kombiniert waren – gekachelte Springbrunnen, türkische Kacheln mit Nelken und Kornblumen im Badezimmer, Teppiche, in die seidene Blütenmeere eingewebt waren, in den kleinen Salons und Schreibzimmern. Das Hotel war um einen Bienenstock von Innenhöfen herum angelegt; Balkone türmten sich aufeinander, seidig-durchsichtige, weißgolden schimmernde Vorhänge wehten hinter schmucklosen Schallschutzglastüren. Gillian hatte in letzter Zeit eine Vorliebe für das Schwimmen entwickelt. Das Fliegen deformiert den menschlichen Körper, möglicherweise besonders den der Frau mittleren Alters; der Bauch bläht sich auf, die Knöchel schwellen zu Kissen aus Luft und Fleisch an, die Knie werden zu Bovisten, Zehen und Finger sind glänzend und geschwollen. Gillian hatte sich angewöhnt, bei der Ankunft nie in den Spiegel zu sehen, denn was sie dort anstarrte, war ein monströses Fleischpaket. Sie hatte sich angewöhnt, sofort den Swimmingpool aufzusuchen, selbst wenn ihr der Sinn gar nicht nach körperlicher Ertüchtigung stand, denn wo der Luftdruck Schwellungen bewirkt, sorgt der Wasserdruck unmerklich für Entlastung und Schwerelosigkeit. Das Schwimmbecken im Peri-Palas war am Tag von Gillians Ankunft leer und äußerst angenehm trotz seiner bescheidenen Ausmaße. Es befand sich im Keller, war mit Kacheln von dunklem Smaragdgrün ausgekleidet und mit goldgeränderten Lampen von innen beleuchtet, und die Wände des Raumes waren mit blauen und grünen Fliesen gekachelt, auf denen Chrysanthemen und Nelken mit goldenen Mosaiksteinchen eingefaßt waren, die im goldenen Licht glitzerten und schimmerten. Oh, wie köstlich, sagte Gillian sich, als sie ihren armen Körper den grünen Massen wogenden Wassers überließ und spürte, wie er schwerelos wurde, spürte, wie Blut und Nerven sich in reine Energie verwandelten, und mit einer Wellenbewegung voranschnellte, als wäre sie eine schwimmende Schlange. Kleine Wellen, die sie verursachte, klatschten in dieser verborgenen Zisterne sanft gegen ihr Kinn; ihre Ohren erfüllte das leise Flüstern und Platschen des Wassers, ihre Augen erblickten überall Grün auf Grün, durchwirkt von Netzen flackernden goldenen Lichts. Sie aalte sich, sie wälzte sich, sie schüttelte Knöchel und Handgelenke, sie wendete sich auf den Rücken und ließ ihr Haar auf den gläsernen Wogen als Fächer liegen. Die Nerven entkrampften sich, Herz und Lungen beruhigten sich und pumpten, der Körper war voller Leben und Lebensfreude.

Als Orhan mit ihr das Topkapı Sarayi besuchte, war ihr Körper noch vom Schwimmen erfrischt, das ihre Haut nachempfand, als sie beide aus dem Fenster des Sultans zum großen, dunklen Becken unter den Zedern hinunterblickten, wo einst die Haremsdamen gemeinsam im Sonnenlicht gebadet hatten. Im Harem befand sich auch das Sultansbad, der denkbar größte Gegensatz zum Becken im Garten, eine Kiste innerhalb anderer verzierter Kisten und Kästen in den Gemächern der Valide Sultan, der Sultanmutter, wo seine Nacktheit von vielen wachsamen Augenpaaren vor den Messern gedungener Mörder bewacht werden konnte. Wie in Ephesos wurde Gillian Perholt auch hier von der Kraft wahrer Geschichten überwältigt. In diesen Käfigen hatten die Söhne der Sultane auf die Eunuchen mit der seidenen Schnur gewartet, die ihr Leben beenden und den Thron für den einen Auserwählten sichern würde. Hier hatte man ränkeschmiedende oder in Ungunst geratene Frauen eingefangen und in Säcke eingenäht und ertränkt; hier waren Gefangene oder Diener, die Mißfallen erregt hatten, auf die Laune eines absoluten Herrschers hin enthauptet worden. Wie lebte man unter solcher Angst?

Sie sagte zu Orhan: »Es ist so, wie du es von Schehrijar sagtest und ich es von Walter sagte – es muß manchen Menschen ungeheures Vergnügen bereiten, Schicksal und Geschick anderer Menschen zu sein. Vielleicht erlaubte ihnen das die Illusion, daß ihr eigenes Schicksal auch in ihrer Hand lag –«

»Vielleicht«, sagte Orhan. »Vielleicht lag ihnen weniger als uns am Leben, am eigenen wie an dem anderer.«

»Glaubst du wirklich, daß sie so dachten?«

»Nein«, sagte Orhan, dessen Blick das leere Labyrinth verborgener Räume und geheimer Kammern durchschweifte. »Ich glaube es nicht. Wir behaupten es gerne. Sie glaubten an ein Leben im Jenseits. Das können wir uns nicht vorstellen.«

Indem er ihr Istanbul zeigte, wurde Orhan jedoch türkischer. Vor dem großen Goldthron Murads III., der mit Smaragden besetzt und mit Kissen in goldener und weißer Seide gepolstert ist, sagte er: »Wir sind ein Nomadenvolk. Wir kamen aus der Mongolei, aus China über die Steppen. Unsere Throne sind tragbare Schätze, unsere Thronräume sehen aus wie Zelte, wir verwenden unser Können besonders auf kleine Dinge, auf Dolche und Schüsseln und Schalen.« Sie erinnerte sich an den Rhythmus seiner Rezitation des Gedichts über die roten Reiterscharen.

In der Hagia Sophia hatte sie ihre dritte Begegnung mit dem Fatum oder etwas ähnlichem. Die Hagia Sophia ist ein verwirrender Ort voller Widerhall und Leere, mit einer riesigen Kuppel und keiner eindeutigen Architektur, mag ihre Größe auch noch so eindrucksvoll sein; sie diente als Kirche, als Moschee und als modernes Museum; sie besitzt Minarette und Flecken an den Wänden, die die Schatten zerstörter goldener Mosaiken byzantinischer Herrscher und der christlichen Gottesmutter mit ihrem Kind sind. Kaiser Justinian erbaute die Kirche aus überall erbeutetem Material, aus Säulen und Friesen griechischer und ägyptischer Tempel, darunter auch Säulen des Artemisions in Ephesos. Gewiß konnte die Kirche den Eindruck vermitteln, ein Ort des Zusammentreffens der Kulturen zu sein, von Ost und West, Christentum und Islam, und ebendas hatte Gillian zu spüren erwartet, aber es war nicht der Fall. Statt dessen wirkte sie wie eine leere, ausgebrannte Scheune, ausgebrannt durch Schlachten und Plünderungen und religiöse Raserei. Gillian hatte das Gefühl, daß das, was es einmal gegeben haben mochte, entschwunden war, vor langer Zeit schon, und auch Orhan zeigte keine Emotion, sondern wurde wieder der europäische Akademiker Orhan, der ihr die Bedeutung der Mosaiken erläuterte und von seinen eigenen allerneuesten Gedanken über die Absurdität der Theorien Marcuses erzählte, die in den Sechzigern, als sie beide ihre ersten Lehraufträge hatten, der letzte Schrei gewesen waren. »Hier ist ein ganz eigenartiger Pfeiler«, sagte er nebenbei, »ich weiß nicht mehr genau, wo er steht, er hat ein Loch, und die Leute tun dort ihre Wünsche, das interessiert dich vielleicht, wenn ich ihn nur endlich gefunden hätte. Der Stein ist vom vielen Berühren ganz abgenutzt, ich weiß nicht mehr, was man sich dort wünschen kann, aber vielleicht möchtest du ihn gerne sehen.«

»Es muß nicht sein«, sagte Gillian.

»Um den Stein herum hat man einen Messingring gelegt, damit er nicht auseinanderbricht«, sagte Orhan. »Aber die Pilger haben den Ring aufgearbeitet, sie haben das Metall und den Stein durch bloßes Berühren abgenutzt. Wo ist er nur, es dürfte nicht schwer sein, ihn zu finden. Der Glaube höhlt den Stein aus, wie Wasser Stein aushöhlt, das ist ein interessanter Gedanke, wenn ich nur wüßte, *was* dieser Pfeiler bewirken soll.«

Als sie ihn fanden, hatte sich bereits eine Familie dort versammelt, ein pakistanischer Vater mit seiner Frau und zwei Töchtern, fremdartig schön anzusehen in ihren Saris, rosenfarben und golden, blaugrün und flammenfarben und blau und silbern. Sie hatten den Pfeiler mit dem Loch und der Messingeinfassung gefunden, und die drei Frauen drängten sich um ihn, streichelten den Stein, langten mit der Hand in das Loch und zwitscherten dabei wie zahme Vögel. Der Vater, würdevoll im schwarzen Mantel, trat zu Orhan und fragte ihn, ob er Englisch spreche. Orhan sagte ja, und man bat ihn, einen Text über den Pfeiler aus einem türkisch-französischen Reiseführer übersetzen zu helfen.

Während er damit beschäftigt war, drehten sich die drei Frauen in ihren raschelnden Seidengewändern lachend zu Gillian Perholt um und streckten drei weiche Hände mit goldenen Armringen an den Handgelenken aus und zogen sie am Ärmel, an der Hand zum Pfeiler und lachten dabei leise. Sie tätschelten Dr. Perholts Schultern, sie nahmen sie in die Arme und zogen und schoben sie, lächelnd und lachend, sie ergriffen ihre Hand mit festem, kraftvollem Griff und führten sie in das Loch ein, wobei sie mimisch andeuteten, was sie tun mußte: die Hand im Loch drehen und den Stein von innen berühren, einmal, zweimal, dreimal rundherum. Sie zog instinktiv die Hand zurück, aus englischem hygienischen Abscheu vor etwas, was so viele Hände berührt hatten, und aus einer primitiveren Angst heraus, die dem klammen, feuchten, ekligen, dunklen Loch galt. Aber die Frauen ließen nicht locker, und sie waren erstaunlich kräftig. Flüssigkeit war in dem Loch, eine Pfütze an seinem Grund. Dr. Perholt bekam eine Gänsehaut, und die Frauen lachten, und Orhan las die Geschichte des Pfeilers dem Pakistani auf englisch vor. Allem Anschein nach, sagte er, sei der Pfeiler vom heiligen Gregor Thaumaturgos, dem Wundertäter, berührt worden und habe so Wunderkraft erlangt. Das Wasser im Pfeiler heile Augenkrankheiten und bewirke Fruchtbarkeit. Die Frauen lachten lauter und umringten Dr. Perholt. Der Familienvater erzählte Orhan, daß er Pilgerfahrten zu allen heiligen Stätten des Islam unternommen habe; er war weitgereist und hatte viel gesehen. Er nehme an, sagte er, daß auch Orhan gepilgert sei. Orhan nickte ernst und nichtssagend; das Gespräch interessierte ihn. Der Westen sei verderbt, sagte der ehrbare Pilgrim im schwarzen Mantel. Verderbt, dekadent, auf dem Weg in die Höllenfinsternis. Aber Kräfte sammelten sich zur Gegenwehr. Es würde einen Dschihad geben. Die wahre Religion würde mit Feuer und Schwert Fäulnis, Habgier und Verderbtheit des dem Untergang geweihten Westens auslöschen, und aus seiner Asche würde sich eine religiös begründete Welt erheben; solches war nicht nur möglich, es geschah bereits. Der Samen war gesät, die Funken waren entzündet, die Speere würden sich aufrichten, das

Feuer würde wüten. Dies sagte der Familienvater mitten in der Hagia Sophia, deren Steine von Blut überschwemmt worden waren, deren Gewölbe mit Leichen vollgepackt gewesen waren, deren Geist erstorben war, wie es Gillian Perholt schien, doch vielleicht erschien es ihr so, weil sie den neuen Geist nicht erfassen konnte, der sich dieser Familie mitteilte und Dr. Perholt an diesen Menschen Furcht machte. Sie sah, daß Orhan sich auf irgendeine Weise amüsierte. Er zog das Gespräch in die Länge, indem er ernst nickte und harmlose Fragen stellte – »So, Sie haben also Zeichen gesehen?« –, ohne die geringste Absicht zu bekunden, den Eindruck seines Gesprächspartners, es mit einem frommen Muslim in einer Moschee zu tun zu haben, zu korrigieren.

Seine Familie begleite ihn überallhin, sagte der Pilgersmann. Sie sehen gerne neue Orte. Und sie, spricht sie Englisch?

Er hatte Gillian für eine schweigsame muslimische Ehefrau gehalten. Sie hatte zwei Schritte hinter Orhan gestanden, während er sich nach dem zauberkräftigen Pfeiler umgesehen hatte. Orhan erwiderte feierlich: »Sie *ist* Engländerin. Sie ist Professor und zu Besuch hier. Eine berühmte Professorin, zu Besuch in Istanbul.«

Orhan, ein Kind der neuen Welt Atatürks, genoß seine Inszenierung. Atatürk hatte die Frauen emanzipiert. Leyla Serin und Leyla Doruk waren ebenfalls seine Kinder, eindrucksvolle Persönlichkeiten, Lehrerinnen, die nachdachten. Orhan mit seiner theatralischen Ader hatte diesen kleinen Knalleffekt bewußt angesteuert. Der Pakistani war aus der Fassung gebracht. Er und Gillian sahen sich an und dachten beide, so vermutete sie, an das, was er wenige Minuten zuvor über London als Kloake der Verkommenheit und den Commonwealth als stinkenden, verfaulenden Leichnam gesagt hatte. Sie wich seinem Blick aus; als Engländerin war es ihr peinlich, daß er sich diese Blöße gegeben hatte. Er wich ihrem Blick aus. Sie war eine Frau und hätte sich von Rechts wegen nicht an diesem Ort aufhalten dürfen – mit einem Mann, der nicht ihr Ehemann war, in einem Museum, das außerdem eine Moschee war. Er sammelte seine Schäfchen, die noch immer Gillian zulächelten und ihr mit zierlichen Fingerspitzen zum Abschied zuwinkten. »Hm«, sagte Orhan. »Istanbul ist ein Ort, wo viele Kulturen zusammentreffen. Der Pfeiler hat dir nicht zugesagt, Gillian? Dein Gesicht sah sehr merkwürdig aus, so damenhaft.«

»Mir sagt die ganze Hagia Sophia nicht zu«, sagte Gillian. »Das hatte ich nicht erwartet. Mir gefällt die Vorstellung der Weisheit, Sophia, die Vorstellung der Weisheit als weiblich, und ich hatte erwartet, etwas davon zu spüren – in ihrer Kirche zu spüren. Und statt dessen treffen wir auf ein feuchtes Loch für Fruchtbarkeitswünsche. In einer Säule, die möglicherweise aus dem Artemistempel stammt.«

»Dieser Pfeiler nicht, das glaube ich nicht«, sagte Orhan.

»Wenn ich ein postmoderner Sprücheklopfer wäre«, sagte Gillian, »würde ich mir jetzt etwas zu Hagia Sophia einfallen lassen. Abgetakeltes Sofa, hagere Sophia, alte hagere, abgetakelte Hexe. Aber das kann ich nicht, weil ich die Etymologie ernst nehme und weil ich weiß, daß es heilig bedeutet und mit hager nichts zu tun hat.«

»Auch wenn du es nicht wolltest, hast du es jetzt

getan«, sagte Orhan. »Amerikanische Studenten machen solche Witze für ihr Leben gern und denken sich nichts dabei. Sie scheinen alte Hexen spannend zu finden.«

»Ich nicht«, sagte Gillian.

»Nein«, sagte Orhan, ohne zu verraten, was er selbst von alten Hexen hielt. »Wollen wir den Bazar besuchen? Einkaufen ist Seelenbalsam für westliche Frauen. Und für östliche Frauen. Und Männer mögen es auch.«

Zweifellos war der große Bazar lebendiger und bunter als das große Gewölbe der Hagia Sophia. Er war ein wahres Gewirr von Arkaden, von Höhlen wie der Aladins, voller Lampen und Zauberteppiche, voller Silber und Messing und Gold und Töpferwaren und Kacheln. Ehemalige Studenten Orhans saßen hier und dort hinter Ladentüren an Werkbänken, um die herum Lampen und Wassergefäße hingen, oder mit gekreuzten Beinen auf einem Teppichberg in einem Zelt aus Teppichen, und sie servierten Gillian türkischen Kaffee und Rosentee in tulpenförmigen Gläsern und zeigten ihnen ihre Waren. Der Teppichverkäufer hatte seine Dissertation über *Tristram Shandy* geschrieben und fuhr heute in den Irak, den Iran und nach Afghanistan und brachte Teppiche auf Kamelrücken und in Jeeps aus den Bergen mit. Er zeigte Gillian blasse Kelims in den schüchternen Farben, die die Einrichtungshäuser in jenem Jahr bevorzugten, blasses Nilgrün und Altrosa nebst einem deprimierend farblosen Grau. Nein, sagte Gillian, sie suche Farbigkeit, Fülle, kräftiges Blau, Karmesin und Scharlach, Gold und Rostrot wie bei den alten Teppichen mit ihren mattweißen Blüten, mit ihren Bäumen voller fremdartiger Vögel und Blumen. Der Westen ist wankelmütig, sagte Bulent, der Teppichverkäufer, im einen Jahr sagen alle, daß sie diese leblosen Farben wollen, und die Frauen in Indien und im Iran kaufen die Wolle und die Seide, und im Jahr darauf, wenn die Teppiche geknüpft sind, wollen die Leute etwas Neues, Schwarz und Purpur und Orange, und die Frauen sind ruiniert, ihr Verdienst ist verloren, die Teppiche liegen zu Haufen da und verrotten. Dieser Teppich wird Ihnen gefallen, sagte Bulent und schenkte Kaffee ein; es ist ein Hochzeitsteppich, Teil der Aussteuer, der dazu bestimmt ist, im Nomadenzelt aufgehängt zu werden. Hier ist der Baum des Lebens, karmesinrot und schwarz auf tiefem Blau. Das gefällt Ihnen. O ja, sagte Gillian, als sie sich den dunklen Baum des Teppichs vor dem gelben und weißen Hintergrund ihres Zimmers in Primrose Hill vorstellte, das nun ihr allein gehörte. Die Unbekannte, die ihn geknüpft hatte, hatte den Teppich kraftvoll und komplex zugleich gestaltet, prunkvoll und subtil. Ich kann nicht feilschen, ich bin Engländerin, sagte Gillian zu Orhan. Du würdest nicht schlecht staunen, sagte Orhan, wenn du manche Engländer beim Feilschen nach allen Regeln der Kunst erleben könntest. Aber Bulent ist mein Student, er wird dir um *Tristram Shandys* willen einen fairen Preis machen. Und plötzlich fühlte Gillian sich wieder wohl in ihrer Haut, lebendig und voller Lebensfreude, fern von der Pfütze im Stein und der finsteren alten Hexe, in Sicherheit in Aladins Höhle, die aus zauberkräftigen Teppichen und entzückenden kleinen Gegenständen von Menschenhand bestand, aus dem Hochzeitsteppich einer Unbekannten, dem monumentalen Phantasiegebilde des sentimentalen Sterne zum vorgeburtlichen Leben und schwarzbraunem Kaffee, der aus einem blanken Kupfertiegel ausgeschenkt wurde und aromatisch und beinahe, aber nicht ganz, unerträglich stark und süß schmeckte.

Ein anderer ehemaliger Student Orhans hatte einen kleinen Laden auf dem Hauptplatz des Marktlabyrinths Iç Bedesten, einen Laden, dessen schmale Wände Töpfe, Pfannen, Lampen, Flaschen, Lederwaren und alte Werkzeuge bedeckten, deren Funktion sich nicht entfernt erraten ließ, ziselierte Dolche und Jagdmesser, Puppen für das Schattentheater aus Kamelhaut, Parfumflakons und Lockenscheren.

»Ich kaufe dir ein Geschenk«, sagte Orhan, »ein Abschiedsgeschenk.«

(Er flog am nächsten Tag nach Texas, nach Dallas, wo ein Kolloquium von Narratologen zum Thema der Familiensaga stattfand. Gillian hatte noch einen Vortrag im British Council und drei weitere Tage in Istanbul vor sich.)

»Ich schenke dir die Schattenpuppen Karagöz und Hacivat, und hier ist der zaubermächtige Vogel Simurg und hier eine Frau mit einem Drachen, vielleicht eine Dschinnijah, mit einem kleinen geflügelten Dämon auf den Schultern, das gefällt dir vielleicht.«

Die Figurinen wurden sorgfältig in scharlachrotes Seidenpapier eingewickelt. Während dies geschah, stöberte Gillian auf einem Tisch herum und entdeckte eine Flasche, eine stark verstaubte Flasche, in einem Haufen anscheinend unsortierter alter und neuer Dinge. Es war ein Flakon mit langem Hals, der genau zwischen ihre Handflächen paßte und mit einem Stöpsel in Form einer Miniaturkuppel verschlossen war, von dunkler Färbung und mit einem spiralförmig verlaufenden weißen Fadenmuster. Gillian sammelte Briefbeschwerer aus Glas: Sie schätzte Glas seiner paradoxen Natur wegen – es war so durchsichtig wie Wasser, so schwer wie Stein, so unsichtbar wie Luft und so fest wie die Erde, mit Menschenatem in einem Feuerofen geblasen. Als Kind hatte sie es geliebt, von den Glaskugeln zu lesen, die Burgen und Schneestürme enthielten, doch in der Realität fand sie sie enttäuschend und hatte deshalb ihre Vorliebe für Glas auf Briefbeschwerer übertragen, in die farbige Formen und geometrische Muster von Blumen eingeschlossen waren, die sich ausdehnen und zusammenziehen konnten, wenn man die Glaskugel im Licht zwischen den Fingern drehte. Sie hatte sich angewöhnt, von ihren Reisen gläserne Briefbeschwerer mitzubringen, und sie hatte bereits ein türkisches Stück Glas erstanden, konisch geformt wie der Hut eines Zauberers, mit rauher Oberfläche, grünlich durchsichtig wie Eis und mit den konzentrischen blauen, gelben, weißen und blauen Kreisen des Auges, das den bösen Blick abwehrt, am Boden des Kegels.

»Was ist das?« fragte sie Orhans ehemaligen Studenten Feyyaz.

Er nahm den Flakon in die Hand und rieb mit dem Finger an einer Stelle den Staub weg.

»Von Glas verstehe ich nicht viel«, sagte er. »Es könnte Çesm-i bülbül sein. Es könnte auch relativ neues venezianisches Glas sein. Çesm-i bülbül bedeutet Nachtigallenauge. In Incirköy gab es eine berühmte türkische Glashütte, um 1845, wenn ich mich nicht täusche, wo dieses berühmte türkische Glas hergestellt wurde, mit diesem besonderen Muster, diesen Spiralen aus blauem und weißem Glas, manchmal auch rot, wenn ich mich recht erinnere. Warum es Nachtigallenauge heißt, weiß ich nicht. Vielleicht sehen die Augen von Nachtigallen aus, als wären sie sowohl opak als auch transparent. In unserem Land sind Nachtigallen die reine Obsession. Unsere Dichtung ist voll von Nachtigallen.«

»Vor der Umweltverschmutzung«, sagte Orhan, »und bevor es das Fernsehen gab, kamen die Leute, um am Bosporus und in den Gärten die ersten Nachtigallen im Frühling zu hören. Es war wundervoll, so wie die Kirschblütenzeit in Japan. Ein ganzes Volk, das im Frühling schweigend spazierengeht und auf die Vögel lauscht.«

Feyyaz rezitierte einen Vers auf türkisch, den Orhan übersetzte.

In den Wäldern voller Abend schweigen die Nachtigallen,
Der Fluß nimmt den Himmel und seine Quellen auf,
Vögel kehren vom Schattenland zu tiefblauen Ufern zurück,
Eine leuchtendrote Sonnenperle im Schnabel.

Gillian sagte: »Dieses Gefäß muß ich haben. Weil Wort und Gegenstand nicht wirklich übereinstimmen und beide mir gefallen. Aber wenn es Çesm-i bülbül ist, dann dürfte es sehr wertvoll sein . . .«

»Ich glaube es nicht«, sagte Feyyaz. »Es ist sicher neues venezianisches Glas. Unsere Glasbläser gingen im achtzehnten Jahrhundert nach Venedig, um sich dort ausbilden zu lassen, und die Venezianer halfen uns, die Techniken des neunzehnten Jahrhunderts zu entwikkeln. Ich werde es Ihnen als venezianisches Glas verkaufen, weil es Ihnen gefällt, und Sie können so tun, als wäre es Çesm-i bülbül, und vielleicht ist es das sogar wirklich.«

»Feyyaz hat seine Doktorarbeit über Yeats und Byzanz geschrieben«, sagte Orhan.

Gillian versuchte den Stöpsel zu bewegen, aber er rührte sich nicht, und sie fürchtete, ihn möglicherweise abzubrechen. Und so wurde auch die Flasche aus Nachtigallenaugenglas in rotes Seidenpapier gewickelt, und man schlürfte noch mehr Rosentee, bevor Gillian in ihr Hotel zurückkehrte. Am Abend gab Orhan zu Hause ein Abschiedsessen mit Musik und Raki und großzügigen Mengen köstlicher Speisen. Und am nächsten Tag war Gillian allein in ihrem Hotelzimmer.

In der Einsamkeit von Hotelzimmern vergeht die Zeit anders als sonst. Der Geist weitet sich, aber träge, und der Körper zieht sich in dem ihm zugeteilten Raum zusammen. Weil man über alles nachdenken könnte, denkt man lange über gar nichts nach. In Hotelzimmern war Gillian zu Anfang immer versucht, wahllos durch alle Fernsehprogramme zu zappen; sie lag zwischen den karmesinroten und cremefarbenen Rosen ihres Bettüberwurfs und richtete das schwarze Kästchen mit den bunten Knöpfen gebieterisch auf den Fernsehapparat. Durchsichtiges Leben tanzte und flakkerte über den Bildschirm: Gillian konnte ihm Ton verleihen, Verkehrsgeräusche, Geigenklänge, Stimmen, die Kriege voraussagten, und Stimmen, die fast trieften beim Anpreisen von köstlichem Joghurt / Orangina / Tutti-Frutti / Marsriegel. Oder sie ließ die Bilder stumm, was sie vorzog, als hüpfendes Schattentheater. Ronald Reagan, der lächelnd die Lippen bewegte, glasig im gläsernen Kasten zwischen den durchsichtigen Flügeln seiner Worte, oder ein brennendes Flugzeug, das im Gebirge abstürzte – wahre Begebenheit oder Filmeffekt? – ein Priester, der im Rennwagen am Abhang entlangsauste – Spielfilm oder Reklame? Türken, die sich über das Aroma und die Größe der Tomaten auf einem Feld unterhielten, noch mehr Autos, diesmal in Weizenfeldern, auf Gebirgsstraßen, Autos, die von Wolkenkratzern stürzten, eine Huri, die mit der Zungenspitze zärtlich eine Himbeercreme berührte und wollüstig seufzte, eine gigantische Tsetse-Fliege, die unendlich viel Energie darauf verwendete, bildschirmfüllende Kuhhaut zu durchstechen, Jeeps voller schmutzstarrender Soldaten in Helmen, die Maschinengewehre schwenkten – Nachrichten oder Spielhandlung, welches von beiden? Tennis.

Tennis auf einem französischen Sender, von einem Tennisplatz übertragen, der wie eine rote Wüste aussah, Tennis aus Monte Carlo, wo es Mittag war, das unter der Sonne lag, aus deren Strahlen Istanbul vor zwei Stunden gerollt war, Herrentennis, und zwar, wie es schien, in einer Live-Übertragung, auf einem Kanal, wo nichts anderes zu sehen war als diese eine endlose, wunderbar angelegte Erzählung, in deren Verlauf der menschliche Körper (und auch der Geist, o ja) sich streckte, dehnte, wie besessen war, triumphierte und geschlagen wurde. Dr. Perholt pflegte in ihren Einführungsvorträgen über Narratologie gerne zu sagen, daß der Erfinder der Tennisregeln und des Punktesystems ein genialer Erzähler ersten Ranges sei, der sich hinter den Erzählern des Altertums, die Helfer aus dem Tierreich in Dreierformation zu arrangieren und Strafen für die Mißachtung von Verboten zu erfinden plegten, nicht zu verstecken brauchte. Denn je unentschiedener das Match, sagte Mrs. Perholt, um so komplizierter wird das Punkteverhältnis, das einem der beiden Spieler den Sieg ermöglicht. Bei Einstand und bei sechs beide erhöht sich der Einsatz, zwei Punkte statt einem sind für den Sieg erforderlich, zwei Spiele statt einem, was den Zuschauern größtmögliche Spannung und größtmögliches Vergnügen verschafft. Tennis im Glaskasten war ihr, was ihr als Kind die Gutenachtgeschichte gewesen war. Die Geschicklichkeit der Kameramänner faszinierte sie – der schnelle Zoom auf ein schwitzendes, vor Anstrengung verzerrtes Gesicht, die Ballettimpression der Füße, die sich unvorstellbar präzise bewegten, die träge Zeitlupenwiederholung des die Lungen zum Bersten strapazierenden Sprungs, gezeigt in der Geschwindigkeit, mit der ein Blatt gemächlich, ganz gemächlich durch die Luft trudelt und in der Luft verharrt, so wie die Kamera den Eindruck schaffen kann, als würden die handfesten, muskulösen Tennisspieler in ihren aufgeblähten Hemden in der Luft verharren. Diese Vorliebe für Tennis hatte sie erst entwickelt, als sie jenseits des Alters war, wo man hätte erwarten können, daß sie selbst spielte, als ihre natürliche Rolle die des Zuschauers war. Seither genoß sie die Geometrie des Spiels, die weißen Linien wachsenden Schwierigkeitsgrades, von Hoffnung und Verzweiflung, die scharfe, goldene Kugelform des Balls, den aufgewirbelten roten Staub, das Karomuster des Netzes. Sie war auch nicht frei von narrativem Snobismus. Die Live-Übertragung eines Matches war natürlich stets spannender als eine Aufzeichnung, selbst wenn sie das Ergebnis nicht vorher in Erfahrung bringen konnte, denn irgend jemand irgendwo auf der Welt *wußte*, wer gewonnen hatte, es galt die Zeitform der Vergangenheit, und das herrliche Open-end der Geschichte, die überaus geschickt auf ein glückliches Ende hin angelegt, doch nicht abgeschlossen ist, traf nicht mehr zu, wäre Selbstbetrug gewesen. Die Live-Übertragung eines Matches war das Match selbst, war eine Geschichte, die voranschritt, einem Ende zu, das noch nicht gekommen war, aber kommen würde, *beinahe gewiß* kommen mußte. Und der Umstand des *Beinahe* machte den ganzen Reiz der Sache aus.

Die Live-Übertragung eines Matches (Becker-Leconte) sollte innerhalb der nächsten Stunde beginnen. Sie hatte Zeit, vorher zu duschen, überlegte sie, eine heiße Dusche zu nehmen, um danach in aller Ruhe im Bademantel den zwei Männern beim Laufen zuzusehen. Und deshalb betätigte sie die großen Messingarmaturen hinter dem Glasschirm am Ende des Badezimmers, in den entzückende Kletterrosen und kleine Vögel eingraviert waren, die in den dornigen Zweigen hockten. Der Schirm war in einen schönen Messingrahmen gefaßt. Das Wasser war etwas trüb und hatte ebenfalls einen leisen Messington, aber es war heiß, und Gillian genoß den Wasserstrahl, seifte ihre Brüste ein, wusch ihr Haar, sah voll Bedauern zu dem hinunter, wohin sie besser nicht sah, zu den Wülsten über ihrem Zwerchfell, den ausgeleierten Muskeln über ihrem Magen. Als sie nach dem Badetuch griff, erinnerte sie sich, daß sie vor vielleicht zehn Jahren noch mit Wohlgefallen die Haut ihres Halses betrachtet hatte, die relativ festen Brüste, und ihren Körper für guterhalten, für tadellos befunden hatte. Sie hatte damals versucht, sich vorzustellen, daß diese schöne, glatte, feste Haut erschlaffen und faltig werden und herabsacken würde, und es war ihr nicht gelungen. Es war ihre Haut, sie selbst war es, und es gab keinen erkennbaren Grund, warum sie keinen Bestand haben sollte. Vom Verstand her hatte sie gewußt, daß es unausweichlich war, daß sie vergänglich war, aber die Lebendigkeit ihrer Haut schien dies zu widerlegen. Und nun manifestierte sich die Vergänglichkeit, die Augenlider zeigten kleine weiche Falten, die Lippen waren faltig geworden, und wenn sie Lippenstift auftrug, verlief er in dünnen Linien in die Haut ringsherum.

Sie trat nackt vor den Badezimmerspiegel von Zimmer Nr. 49 des Peri-Palas-Hotels. Verwehende Dampfschwaden bedeckten ihn, und zwischen den Schwaden sah Gillian undeutlich ihren Tod auf sich zuschreiten, mit nassem, dunklem Haar, Augenhöhlen wie düsteren Farbklecksen, einem aus Furcht vor dem Zusammentreffen im sich auflösenden Gesicht geöffneten Mund. Sie ließ traurig den Kopf hängen, wandte sich vom Spiegelbild ab und nahm den Bademantel aus seinem durchsichtigen Plastiküberzug. Im Schrank standen weiße Frotteebadeschuhe mit der goldenen Inschrift

Peri Palas. Sie schlang ein Handtuch als Turban um ihr Haar, und als sie sich eingemummt hatte, fiel ihr die Çesm-i-bülbül-Flasche ein, und sie beschloß, sie unter dem Wasserhahn zu reinigen, um das Glas sichtbar zu machen. Sie packte die Flasche aus – sie war wirklich entsetzlich schmutzig, fast wie mit Lehm beschmiert – und trug sie ins Bad, wo sie die Mischbatterie auf Körpertemperatur einstellte und die Flasche unter dem Wasserstrahl hin und her wendete. Das Glas wurde blau, ein von opaken weißen Fäden durchzogenes Kobaltblau, intensiv leuchtend, geheimnisvoll schimmernd. Sie drehte und wendete die Flasche und rieb mit Daumen und Fingern hartnäckige Schmutzflecke weg, und plötzlich zuckte der Flakon in ihrer Hand wie etwas Lebendiges, wie ein Frosch oder ein noch klopfendes Herz in der Hand des Chirurgen. Sie hielt die Flasche fest, umklammerte sie, und ihr eigenes Herz begann schnell und aufgeregt zu schlagen, weil es überall ringsum blaue Splitter gewärtigte. Doch es geschah nichts weiter, als daß der Stöpsel mit einem leicht knirschenden Geräusch aus dem Flaschenhals sprang und klirrend, aber unversehrt in das Waschbecken fiel. Und aus der Flasche in Dr. Perholts Hand entwich eine Wolke, ein Dunst, ein dunkler Fleck, der fortstob und nach Rauch, nach Zimt, nach Schwefel roch und nach etwas, was möglicherweise Weihrauch war, ganz gewiß nicht Leder, aber was war es nur? Die dunkle Wolke ballte sich zusammen und flog als großes Komma oder als Palmette aus dem Badezimmer. Ich habe Halluzinationen, dachte Dr. Perholt, die der Wolke folgen wollte und feststellen mußte, daß sie es nicht konnte, weil die Badezimmertür versperrt war und zwar von etwas,

was sich auf näheren Augenschein hin als riesengroßer Fuß erwies, ein Fuß mit fünf Zehen, die allesamt nicht weniger hoch waren als Mrs. Perholt in ganzer Körpergröße, mit gelben, hornigen Zehennägeln, ein Fuß mit olivfarbener Haut, deren Oberfläche wie mit Gold gepanzert war, und diese Panzerung war halb durchsichtig. Gillian berührte sie mit einer Hand. Sie fühlte sich weich an und sehr warm, nicht heiß wie eine glühende Kohle, aber merklich wärmer als das Wasser, mit dem sie die Flasche abgewaschen hatte. Die Haut war trocken und ein wenig elektrisch geladen. Im Knöchel sah sie eine Ader pulsieren, eine grünlich-goldene Vene, die eine beinahe smaragdfarbene Flüssigkeit umhüllte.

Gillian betrachtete ratlos den Fuß. Ein Wesen mit einem Fuß solchen Ausmaßes konnte nicht in ein Hotelzimmer passen, wenn man aus dem Fuß auf die übrigen Gliedmaßen schließen durfte. Wo befand sich der Rest? Als sie dies dachte, hörte sie Töne, die eine Sprache zu sein schienen, tiefe, rauhe, doch musikalische Töne, möglicherweise Verwünschungen, in einer Sprache, die sie nie zuvor gehört hatte. Sie steckte den Stöpsel wieder in die Flasche, die sie festhielt, und wartete ab.

Der Fuß begann seine Form zu verändern. Zuerst schwoll er an, dann schrumpfte er ein wenig, so daß Gillian sich an ihm hätte vorbeiquetschen können, aber sie hielt es für klüger, noch etwas zu warten. Nun war der Fuß so groß wie ein Sessel und entfernte sich von der Tür, wobei er weiterschrumpfte, und Gillian faßte sich ein Herz und ging ihm nach. Die fremdartige Stimme sprach noch immer in der unverständlichen Sprache vor sich hin. Gillian trat in das Zimmer und sah den Dschinn, der die Hälfte des geräumigen Zimmers ausfüllte; er hatte sich wie eine Schlange zusammengerollt, Kopf und Schultern berührten die Zimmerdecke, die verschränkten Arme nahmen zwei Wände ein, und Rumpf und Beine waren über ihrem Bett verknäuelt und ragten ins Zimmer. Er war offenbar mit einer grünseidenen Tunika bekleidet, die nicht besonders sauber aussah und nicht lang genug war, denn das Gewirr seiner Geschlechtsteile prangte mitten auf ihrem rosenfarbenen Bett. Hinter dem Dschinn breiteten sich schimmernde vielfarbige Federn, Pfauenfedern, Papageienfedern, Paradiesvogelfedern, die zu einem Umhang zu gehören schienen, der Teil des Dschinns zu sein schien, aber nicht wie Flügel, die an Schulterblätter oder Rückgrat angewachsen sind, wie man es kennt. Gillian konnte die unbekannte Komponente seines Geruchs identifizieren, als er seine verkrampften Glieder bewegte und sie ansah. Es war ein männlicher Geruch, ein durchdringender, Gänsehaut weckender männlicher Geruch.

Sein riesiges Gesicht war oval und völlig unbehaart. Über meergrünen, malachitgefleckten Augen lagen riesige grüngeäderte Lider. Er hatte hohe Backenknochen und eine gebieterisch gebogene Nase, und sein Mund war breit und geschwungen wie der eines ägyptischen Pharaos.

In einer seiner riesenhaften Hände hielt er das Fernsehgerät, auf dessen schimmerndem Bildschirm Boris Becker und Henri Leconte auf der roten Asche vorwärtsstürmten, zurücksprangen, tanzten und hüpften. Man konnte das Auftreffen des Tennisballs hören, und der Dschinn hatte eines seiner großen, feinziselierten Ohren dem Apparat genähert, um zu lauschen.

Er sprach zu Gillian, und sie sagte: »Ich nehme an, Sie sprechen kein Englisch.«

Er wiederholte, was er gesagt hatte. Gillian sagte:

»Français? Deutsch? Español? Português?« Sie dachte nach. Die lateinische Bezeichnung für Latein fiel ihr nicht ein, und sie war nicht allzu überzeugt von ihrer Fähigkeit, ein Gespräch in dieser Sprache zu führen. »Latein«, sagte sie schließlich.

»*Je sais le Français*«, sagte der Dschinn. »*Italiano anche. Era in Venezia.*«

»*Je préfère le Français*«, sagte Gillian. »Diese Sprache ist mir geläufiger.«

»Ausgezeichnet«, sagte der Dschinn auf französisch. Er sagte: »Ich lerne schnell. Wie heißt Ihre Sprache?«

»*Anglais.*«

»Kleiner ist besser«, sagte er, indem er das Thema wechselte. »Es hat mir gutgetan, mich auszustrecken. Seit 1850 in Ihrer Zeitrechnung war ich in dieser Flasche eingesperrt.«

»Hier – drinnen scheint es auch zu eng für Sie zu sein«, sagte Gillian, bemüht, die richtigen französischen Wörter zu finden.

Der Dschinn betrachtete die Tennisspieler.

»Alles ist relativ. Diese Leute sind auffallend klein. Ich werde mich noch etwas verkleinern.«

Das tat er, doch nicht gleichmäßig, so daß sein nunmehr nur noch ein wenig überdimensionierter Körper für einen Moment gänzlich hinter seinen Geschlechtsteilen verborgen war, bis er sie schrumpfen machte und mit der Tunika bedeckte. Es hatte fast etwas Prahlerisches. Dann lag er halb zusammengerollt auf Gillians Bett, nur mehr anderthalbmal so groß wie sie.

»Ich bin Ihnen«, sagte der Dschinn, »für meine Befreiung zu großem Dank verpflichtet. Es steht in meiner Macht, besser gesagt, es ist meine Pflicht, Ihnen dafür drei Wünsche zu erfüllen. Sofern Sie irgendeinen Wunsch haben sollten.«

»Gibt es Einschränkungen«, fragte die Narratologin, »hinsichtlich der Art meiner Wünsche?«

»Eine ungewöhnliche Frage«, sagte der Dschinn. Er war noch immer vom insektengroßen Zweikampf zwischen Boris Becker und Henri Leconte abgelenkt. »Aber Sie haben recht, nicht alle Dschinnen haben die gleiche Macht. Manche können nur kleine Wünsche erfüllen –«

»Bratwürste –«

»Ein Gläubiger – ein gläubiger Dschinn – müßte es als geschmacklos empfinden, einem Angehörigen Ihrer Religion Würste aus Schweinefleisch zu bringen. Aber möglich wäre es. Die Gesetze der übernatürlichen Welt, in der wir alle uns bewegen, können wir nicht übertreten. Beispielsweise ist es nicht möglich zu wünschen, daß alle künftigen Wünsche erfüllt werden. Drei ist drei, eine magische Zahl. Sie können sich nicht das ewige Leben wünschen, weil es zu Ihrer Natur gehört, daß Sie sterblich sind, wie es zu meiner gehört, daß ich unsterblich bin. Ich kann Ihre Zellen, die eines Tages zerfallen werden, durch keinen Zauber zusammenhalten . . .«

Er sagte: »Es tut gut, wieder zu sprechen, selbst in dieser ungewohnten Sprache. Können Sie mir sagen, woraus diese Menschlein bestehen und was sie tun? Es sieht aus wie das königliche Ballspiel, das man in den Tagen Süleymans des Prächtigen spielte –«

»Es heißt Tennis – *lawn tennis* in meiner Sprache. *Tennis sur gazon*, aber wie Sie sehen, wird es auf einem Aschen- oder Sandplatz gespielt. Ich sehe es gerne. Die Männer«, sagte sie unwillkürlich, »sind sehr schön anzusehen.«

»In der Tat«, stimmte ihr der Dschinn zu. »Wie haben Sie sie in diesen Kasten gesperrt? Die Atmosphäre ist voller Dinge, die mir unbekannt sind – ein Gesumme und Gewimmel, das ich weder in meiner Sprache noch in Ihrer benennen kann – ich meine, in Ihrer zweiten Sprache –, elektrische Emanationen lebender Wesen und sogar von Früchten und Blumen und fernen Orten – und etwas wie ein mathematisches Spiel mit beweglichen Zahlen, die ich kaum wahrnehmen kann, wie Stäubchen in der unsichtbaren Luft –, etwas Schreckliches hat sich in dem mir einst gewohnten Bereich ereignet, in der Außenwelt, seit ich gefangen war –, es fällt mir schwer, meinen äußerlichen Körper zusammenzuhalten, weil meine Kräfte beeinflußt und gestört werden . . . Sind diese Männer Zauberer, oder sind Sie eine Hexe, daß Sie es vermochten, sie in den Kasten zu sperren?«

»Nein, das hat mit Wissenschaft zu tun, mit den Naturwissenschaften. Man bewirkt es mit Hilfe von Lichtwellen und Schallwellen und Kathodenstrahlen – ich kann es nicht genau erklären, ich bin Literaturwissenschaftler und habe von anderen Dingen leider nicht viel Ahnung –, und wir benutzen es zur Information und zum Vergnügen. Die meisten Menschen auf der Welt benutzen heutzutage diese Kästen – soweit ich weiß.«

»*Six-all, première manche*«, sagte das Fernsehgerät. »*Jeu décisif. Service Becker.*«

Der Dschinn runzelte die Stirn.

»Ich bin ein Dschinn mit beträchtlicher Macht«, sagte er. »Ich beginne zu ahnen, wie diese Emanationen transportiert werden. Hätten Sie gerne einen Homunkulus zur eigenen Verfügung?«

»Ich habe drei Wünsche«, sagte Dr. Perholt vorsichtig. »Ich beabsichtige nicht, einen davon auf den Besitz eines Tennisspielers zu verschwenden.«

»*Entendu*«, sagte der Dschinn. »Sie sind eine kluge und umsichtige Person. Sie werden Ihre Wünsche äußern, wenn Sie es für richtig halten, und die Gesetze des Übernatürlichen lassen mich Ihnen zu Diensten stehen, bis alle drei Wünsche geäußert sind. Schäbigere Naturen unter den Dschinnen würden Sie aus selbstsüchtigen Motiven dazu verleiten wollen, daß Sie Ihre Wünsche schnell und unbedacht tun, aber ich bin ein gottesfürchtiger und ehrenhafter Dschinn (obwohl ich einen beträchtlichen Teil meines langen Lebens in Flaschen eingesperrt verbringen mußte), und Sie müssen dergleichen nicht befürchten. Dennoch will ich versuchen, einen dieser bewegten Schmetterlinge einzufangen. Sie befinden sich auf den Wellen der Atmosphäre – nicht so wie wir, wenn wir uns bewegen – sie sind *in* den Wellen – es müßte möglich sein, einen von ihnen zu *konzentrieren* – die Materie so zu dirigieren wie die Emanation – das Fesselnde daran ist, sich die Gesetze zunutze zu machen, denen diese Erscheinungen unterliegen, und dann – natürlich könnte ich eines der Menschlein *herbeiwünschen* – aber ich will es auf seiner eigenen Bahn herzwingen – so – und so –«

Ein kleiner Boris Becker mit hellblonden Augenbrauen, dessen blonde Behaarung seines blonden Körpers vor Schweiß glänzte, stand auf der Kommode; er war etwa doppelt so groß wie sein Fernsehbild, das auf dem Bildschirm mitten in einer Bewegung erstarrt war. Er blinzelte mit den hellblonden Wimpern über seinen blauen Augen und blickte um sich, allem Anschein nach außerstande, irgend etwas zu erkennen.

»*Scheiße*«, sagte der Miniatur-Becker. »*Scheiß und Scheiße, was ist mit mir los?*«

»Soll ich uns für ihn sichtbar machen?« fragte der Dschinn. »Dann wird er sich fürchten.«

»Tun Sie ihn zurück. Er verliert sonst den Satz.«

»Ich kann ihn vergrößern. Zu Lebensgröße. Wir könnten mit ihm sprechen.«

»Tun Sie ihn zurück. Es ist nicht *fair*.«

»Sie wollen ihn nicht haben?«

»*Scheiße. Warum kann ich nicht* ...«, murrte Becker.

»Nein. Ich will ihn nicht.«

Der Becker auf dem Bildschirm stand wie erstarrt mit erhobenem Schläger, zurückgebeugtem Kopf und einem Fuß in der Luft da. Henri Leconte näherte sich dem Netz. Der Reporter erklärte, daß Becker offenbar von einem Krampf übermannt worden sei, was den Dschinn amüsierte, da er ihn im Wortsinn übermannt hatte. »*Scheiß*«, wiederholte der unglückliche kleine Becker im Hotelzimmer. »Bringen Sie ihn zurück«, verlangte Dr. Perholt gebieterisch, um eilig hinzuzufügen: »Das ist nicht einer meiner drei Wünsche, tun Sie, was Sie für richtig halten, aber Sie müssen verstehen, daß Sie Millionen von Zuschauern das Spiel verderben, Millionen auf der ganzen Welt, indem Sie diese Geschichte unterbrechen – entschuldigen Sie, *déformation professionelle*, ich wollte sagen, dieses Spiel –«

»Warum sind Ihre Homunkuli nicht dreidimensional?« fragte der Dschinn.

»Das weiß ich nicht. Wir können sie nicht dreidimensional machen. Vielleicht lernen wir es später einmal. Sie scheinen sich in solchen Dingen besser auszukennen als ich, egal, wie lange Sie in der Flasche eingesperrt waren. Bitte tun Sie ihn zurück.«

»Um Ihretwillen«, sagte der Dschinn mit feierlicher Galanterie. Er ergriff das Beckerlein, drehte es wie einen Kreisel, murmelte etwas, und der Becker auf dem Bildschirm brach zusammen.

»Sie haben ihn verletzt«, sagte Gillian vorwurfsvoll.

»Ich hoffe nicht«, sagte der Dschinn; es klang ein wenig unsicher. Der Becker in Monte Carlo erhob sich schwankend und wurde vom Platz geführt, die Hände an die Schläfen gepreßt.

»Jetzt können sie nicht weiterspielen«, sagte Gillian verdrossen, und dann schlug sie sich vor Erstaunen sanft mit der Hand auf den Mund – eine Frau mit einem echten Dschinn auf ihrem Bett, die sich für den Ausgang eines Tennisspiels interessierte, das sie nicht einmal von Anfang an gesehen hatte!

»Sie könnten ihm gute Besserung wünschen«, sagte der Dschinn, »aber es wird ihm ohnehin in Kürze besser gehen, ganz gewiß. Wünschen Sie sich das, was Sie wirklich wollen.«

»Ich wünsche mir«, sagte Gillian, »daß mein Körper wieder so wird, wie er war, als ich ihn zum letztenmal gemocht habe, wenn Sie das können.«

Die großen grünen Augen betrachteten versonnen ihre untersetzte Figur im weißen Bademantel mit dem Turban als Krönung.

»Ich kann es«, sagte er. »Ich kann es. Wenn Sie sich ganz sicher sind, daß es das ist, was Sie sich am meisten wünschen. Ich kann Ihre Zellen in die zurückverwandeln, die sie damals waren, aber ich kann Ihr Geschick nicht aufhalten.«

»Es ist sehr freundlich von Ihnen, mich darauf hinzuweisen. Und ja, es ist das, was ich mir am meisten wünsche. Ich habe es mir in den letzten zehn Jahren jeden Tag gewünscht im Wissen, daß es ein hoffnungsloser Wunsch ist, was immer ich mir sonst gewünscht haben mag.«

»Und das«, sagte der Dschinn, »obwohl es an Ihrer Figur in meinen Augen gar nichts auszusetzen gibt. Fülligkeit, Madame, ist etwas Wünschenswertes.«

»Nicht in meinem Kulturkreis. Und Sie vergessen das Problem des irdischen Verfalls.«

»Ich weiß davon, doch wirklich nachvollziehen kann ich es nicht. Wir sind aus Feuer beschaffen und verfallen nicht. Sie sind aus Staub und werden wieder zu Staub.«

Er erhob die Hand und deutete auf sie mit einem träge ausgestreckten Finger, fast wie Michelangelos Adam.

Sie spürte in ihrer Bauchmuskulatur und in ihrem schlaffen Schoß ein brennendes Ziehen.

»Es freut mich zu sehen, daß Sie reife Frauen grünen Mädchen vorziehen«, sagte der Dschinn. »Ich bin der gleichen Ansicht. Aber Ihr Ideal ist etwas mager. Würden Sie nicht gern ein bißchen rundlicher sein?«

»Entschuldigen Sie mich«, sagte Gillian mit plötzlicher Schüchternheit und verschwand im Badezimmer, wo sie den Bademantel öffnete und im Spiegel eine gesunde, untadelige Frau von fünfunddreißig Jahren erblickte, deren Brüste voll, aber nicht erschlafft waren, deren Bauch straff war, deren Schenkel glatt und deren Brustwarzen rund und rosig waren. Überhaupt war ihr ganzer tauglicher und erfreulicher Körper tiefrosig überhaucht, als hätte sie ein Feuer durchquert oder ein Dampfbad genommen. Ihre Blinddarmnarbe war ebenso vorhanden wie die Stelle an ihrem Knie, wo sie 1944 durch eine zerbrochene Flasche verletzt worden war, als sie sich bei Fliegeralarm unter der Treppe versteckt hatte. Sie betrachtete eingehend ihr Gesicht im Spiegel; es war kein schönes Gesicht, aber es war gesund, lebhaft, mit regelmäßigen Zügen; ihr Hals war fest und gerade, und ihre Zähne waren zahlreicher und fester im Zahnfleisch verankert als vorher, wie sie erfreut feststellte. Sie öffnete den Turban, und ihr Haar sprang hervor, feucht, weich, lang und dunkel. Ich kann auf die Straße gehen, dachte sie, und immer noch erkennbar ich selbst und dabei frei und glücklich sein, denn es wird mir besser gehen, ich werde mich selbst besser leiden können. Das war ein *intelligenter* Wunsch, den ich nicht bereuen werde. Sie bürstete ihr Haar aus und ging zu dem Dschinn zurück, der auf dem Bettüberwurf lümmelte und Boris Becker zusah, der den ersten Satz verloren hatte und zu Beginn des zweiten Satzes wie ein Tiger über den Platz stürmte. Der Dschinn hatte sich außerdem die Hochglanzmagazine aus der Nachttischschublade geholt sowie die Gideon-Bibel, die sich nebst Koran ebenfalls dort befand. Aus diesen Publikationen schien er wie durch eine Art geistiger Osmose die englische Sprache aufgenommen zu haben.

»Hm«, sagte er in dieser Sprache, »wer ist sie, die

hervorbricht wie die Morgenröte, schön wie der Mond, klar wie die Sonne, gewaltig wie ein Heer? Das ist Ihre Sprache; ich merke, daß ich die Regeln schnell lernen kann. Nun, Madame, sind Sie mit dem Ergebnis Ihres Wunsches zufrieden? Unsere Schwester ist klein und hat keine Brüste. Was sollen wir mit unsrer Schwester tun, wenn man um sie werben wird? Diesen Bildern entnehme ich, daß man zu Ihrer Zeit die Damen ohne Brüste bevorzugt, wie Knaben. Eine merkwürdige Form der Askese, falls es sich darum handelt, oder möglicherweise eine Perversion, mag sein. Ich gehöre nicht zu den Dschinnen, die sich in Badehäusern herumtreiben, um Knaben von hinten zu umarmen. Ich habe mit den unterschiedlichsten Damen verkehrt, mit der Königin von Saba persönlich und mit jener Sulamith, deren Brüste wie Trauben am Weinstock waren, wie reife Granatäpfel, deren Hals wie ein Turm von Elfenbein war und deren Atem wie Äpfel duftete. Ein Knabe ist ein Knabe, und eine Frau ist eine Frau, meine Gnädige. Aber diese Bilder haben entzückende Augen, sie verstehen sich darauf, Kohle aufzulegen.«

»Wenn Sie mit der Königin von Saba verkehrt haben«, sagte die Wissenschaftlerin, »wie kommt es dann, daß Sie in einer Flasche eingesperrt waren, die – soweit ich weiß – frühestens im *neunzehnten Jahrhundert* entstanden ist, Çesm-i bülbül, wenn nicht gar venezianisches Glas?«

»Ganz gewiß Çesm-i bülbül«, sagte der Dschinn. »Ganz neu und Augapfel der Besitzerin, der schönen Zefir, Gattin des Mustafa Emin Bey in Smyrna. Den Aufenthalt in dieser Flasche verdanke ich einem dummen Zwischenfall und einer allzu großen Vorliebe für weibliche Gesellschaft. Es war meine dritte Gefangenschaft: In Zukunft werde ich vorsichtiger sein. Es ist mir ein Vergnügen, Ihnen meine Geschichte zu erzählen, während Sie sich Ihre zwei verbleibenden Wünsche überlegen, doch ich bin auch begierig, Ihre Geschichte zu erfahren – sind Sie verehelicht oder Witwe, und wie kommt es, daß Sie diese eleganten Räume mit fließendem Wasser im Peri-Palas-Hotel bewohnen, wie mir Ihre bunten Broschüren verraten? Was ich von England weiß, ist wenig und unfreundlich. Ich kenne die Geschichte von den bleichen Sklaven der Insel im Norden, von denen ein römischer Bischof gesagt haben soll: ›*Non Angli sed angeli.*‹ Und ich habe von *bisnismen* gehört, Gesprächsfetzen in der Karawanserei von Smyrna. Es heißt, Sie Engländer seien stumpfsinnige, rotgesichtige Menschen, denen es an Höflichkeit und Anmut gänzlich mangelt, aber ich habe gelernt, nie auf Gerüchte zu hören, und finde Sie sehr wohl anmutig.«

»Ich heiße Gillian Perholt«, sagte Dr. Perholt. »Ich bin eine unabhängige Frau, eine Wissenschaftlerin, ich untersuche das Geschichtenerzählen und die Narratologie.« (Sie dachte, er solle dieses nützliche Wort ruhig lernen; seine grünen Augen glitzerten.) »Ich bin zu einer Konferenz in die Türkei gekommen, und ich kehre in etwa einer Woche auf meine Insel zurück. Ich glaube nicht, daß meine Geschichte interessant für Sie ist, nicht wirklich interessant.«

»Ganz im Gegenteil. Ich befinde mich einstweilen in Ihrer Macht, und es ist immer ratsam, die Geschichte derer zu kennen, die Macht über einen haben. Ich habe viel Zeit meines Lebens in Harems verbracht, und dort ist das Studium scheinbar ereignisloser Lebensgeschichten von größter Wichtigkeit für die eigene Existenz. Die einzige wirklich unabhängige Frau, die ich kennengelernt habe, war die Königin von Saba, meine entfernte Cousine, doch ich begreife, daß sich seit ihren Tagen vieles verändert hat. Sagen Sie mir, Dschil-yan Peri-han: Was wünscht sich heute eine unabhängige Frau?«

»Nicht viel«, sagte Gillian, »was ich nicht bereits besitze. Ich brauche Zeit, um nachzudenken. Ich muß meine Intelligenz zusammennehmen. Erzählen Sie mir die Geschichte Ihrer drei Gefangenschaften. Wenn es Sie nicht langweilt.«

Später wunderte sie sich darüber, wie selbstverständlich sie die Gegenwart des anmutigen orientalischen Dämons in ihrem Hotelzimmer hingenommen hatte. Damals fand sie sich mit seiner Anwesenheit und seinen Reden so gelassen ab, wie man es in Träumen tut – das heißt ein wenig anders als im Alltag, mit dem undeutlichen Wissen, daß die Realität, in der sie sich befand, nicht die Realität war, in welcher Dr. Johnson Bischof Berkeleys Solipsismus mit einem kräftigen Tritt gegen einen rollenden Stein widerlegte. Sie pflegte in ihren Vorlesungen zu sagen, daß das menschliche Bedürfnis danach, Geschichten über Dinge außerhalb der Realität zu erzählen, möglicherweise seinen Ursprung im Träumen habe und daß auch das Gedächtnis in mancherlei den Träumen verwandt sei; es rearrangierte, es erzählte klare, einfache Geschichten, zweifellos erinnerte es sich nicht nur, sondern erfand auch. Hobbes, erklärte sie ihren Studenten, hatte die Phantasie als verfallene Erinnerung bezeichnet. Zu keinem Zeitpunkt kam ihr der Gedanke, sie könne »erwachen« und der Dschinn werde verschwunden sein, als hätte es ihn nie gegeben, doch sie hatte den Eindruck, daß sie – oder er – sich unvermittelt in eine Welt begeben könnte, in der der andere sich nicht befand. Aber der Dschinn war da, mit soliden, glänzenden Finger- und Zehennägeln, mit seinem Fleisch, das ganz leise zu brodeln schien, mit seinen großen, nachdenklichen Augen, seinem Umhang aus Flügeln, seinem Geruch aus Düften und Rauchigkeit, seinen Pheromonen, falls Dschinnen Pheromone besitzen, was ihn zu fragen sie nicht beabsichtigte. Sie schlug vor, beim Zimmerservice etwas zu essen zu bestellen, und gemeinsam suchten sie Salat von gegrilltem Gemüse, geräucherten Truthahn, Melone und Passionsfruchtsorbet aus; während das Mahl hereingefahren wurde, hielt der Dschinn sich außer Sichtweite, und als er wieder erschien, fügte er den Speisen eine Schale voll frischer Feigen und Granatäpfel sowie etwas Lukum hinzu, das betörend nach Rosen duftete. Gillian sagte, sie hätte nichts zu bestellen brauchen, wenn er so etwas konnte, und er sagte, sie müsse Verständnis für die Neugier einer Person haben, die seit 1850 (»in Ihrer Zeitrechnung«, sagte er auf französisch) in eine Flasche eingesperrt war – es verlangte ihn sehr danach, die Menschen dieses späten Zeitalters und ihre Lebensweise zu sehen zu bekommen.

»Eure Sklaven«, sagte er, »sehen gesund und glücklich aus. Das ist gut.«

»Es sind keine Sklaven, es gibt keine Sklaven mehr – wenigstens im Westen und in der Türkei – wir sind alle frei«, sagte Gillian und bereute diese Vereinfachung, sobald sie sie ausgesprochen hatte.

»Keine Sklaven«, sagte der Dschinn nachdenklich. »Vielleicht auch keine Sultane mehr?«

»Keine Sultane. Eine Republik. Hier. In meinem Land haben wir eine Königin, aber sie hat keine Macht. Sie hat nur repräsentative Funktion.«

»Die Königin von Saba hatte Macht«, sagte der Dschinn, der in Gedanken versunken die Stirn runzelte und Datteln, Scherbett, Wachteln, *marrons glacés* und zwei Stücke *tarte aux pommes* dem Festmahl hinzufügte. »Als ihre Späher ihr von seinem triumphalen Vorrükken durch die Wüste berichteten, vom Vorrücken des großen Süleyman – oder Salomon –, geheiligt sei sein Andenken, sagte sie zu mir: ›Wie soll ich, die große Königin, mich dem Gefängnis der Ehe unterwerfen, den unsichtbaren Ketten ausliefern, die mich an das Bett eines Mannes fesseln?‹ Ich riet ihr von der Ehe ab. Ich sagte zu ihr, ihre Weisheit gehöre nur ihr und sie sei so frei wie ein Adler in den Lüften, der mit klarem Blick Städte und Paläste und Berge unter sich sieht. Ich sagte, ihr Körper sei liebreizend und köstlich, doch liebreizender und köstlicher noch sei ihr Geist und obendrein beständiger – denn obwohl sie mit uns verwandt war, war sie sterblich wie Sie, denn Dschinnen und Sterbliche können keinen unsterblichen Nachfahren miteinander zeugen, verstehen Sie, so wie Pferd und Esel miteinander nur einen unfruchtbaren Maulesel erzeugen. Und sie sagte, sie wisse, daß ich recht habe: Sie saß in den Kissen in ihrem innersten Gemach, zu dem niemand Zutritt hatte, und wand ihr dunkles Haar um ihre Hand und runzelte die Brauen, und ich betrachtete die runden Wölbungen ihrer Brüste und ihre schmale Taille und ihr weiches Gesäß, wohlgeformt wie zwei große Haufen feinsten Sandes, und mir war schwindelig vor Verlangen, obwohl ich mir nichts anmerken ließ, denn sie spielte gern ein wenig mit mir, sie kannte mich seit ihrer Geburt, als sie heranwuchs, war ich unsichtbar in ihrem Schlafzimmer ein- und ausgegangen und hatte ihren weichen Mund geküßt und ihren Rücken gestreichelt, und ich beherrschte die kleinen Berührungen, die sie vor Wollust erschauern ließen, ebensogut wie ihre Sklavinnen, aber es war alles nur ein Spiel, und sie beriet sich mit mir in ernsten Angelegenheiten, über die Absichten der Könige von Persien und Bessarabien, über die Komposition einer Ghasele, über Heilmittel für Zorn und Verzweiflung, über die Anordnung der Gestirne. Und sie sagte, sie wisse, daß ich recht habe, daß ihre Freiheit ihr einziger wirklich wertvoller Besitz sei, den sie nicht leichtfertig aufgeben dürfe, daß nur ich – ein unsterblicher Dschinn – und einige Frauen ihr solches rieten, während die meisten Mitglieder ihres Hofes, Männer wie Frauen, und ihre menschliche Familie sie zu dieser Heirat mit Süleyman, gesegnet sei sein Andenken, überreden wollten, der sich Tag für Tag durch die Wüste näherte und in ihren Gedanken wuchs, so wie ich vor ihren Augen wachsen und schrumpfen konnte. Und als er kam, erkannte ich, daß ich verloren war, denn sie begehrte ihn. Ich muß gestehen, daß er begehrenswert war, seine Lenden und seine Hinterbacken in den seidenen Beinkleidern waren von vollendeter Schönheit, und seine Finger waren lang und überaus geschickt – er konnte auf einer Frau so leicht spielen wie auf einer Laute oder einer Flöte –, doch anfangs wußte sie nicht, daß sie ihn begehrte, und ich Narr beredete sie weiter, daß sie ihre stolze Autonomie, ihre Macht, nach eigenem Belieben ein- und auszugehen, nicht aufgeben solle. Und sie stimmte meinen Worten zu, sie nickte ernst und vergoß einmal eine heiße Träne, die ich aufleckte – niemals habe ich ein anderes Wesen so sehr begehrt, ob Frau oder Dschinn oder Peri oder Knaben, jung wie eine frischgeschälte Kastanie. Und dann begann sie ihm Aufgaben zu setzen, die zu lösen unmöglich schien – im ganzen Palast einen bestimmten Faden aus roter Seide zu finden, den geheimen Namen ihrer Mutter, der Dschinnijah, zu erraten, ihr zu sagen, was Frauen sich am sehnlichsten wünschen –, und ich wußte noch gewisser, daß ich verloren war, denn er konnte mit den Tieren der Erde und mit den Vögeln der Lüfte sprechen und mit den Dschinnen des Feuerreiches, und er benutzte Ameisen, um den Faden zu finden, und einen Ifrit aus dem Reich des Feuers, um den Namen in Erfahrung zu bringen, und er sah ihr in die Augen und sagte ihr, was Frauen sich am sehnlichsten wünschen, und sie senkte den Blick und sagte, er habe recht, und sie bewilligte ihm das, was *er* sich am sehnlichsten wünschte, nämlich sie zur Frau und in sein Bett zu nehmen, sie, deren liebreizender Schleier aus Haut noch ungeöffnet war und deren Atem in wollüstigen kleinen Stößen ging, wie ich es noch nie zuvor gehört hatte, niemals, und nie wieder hören sollte. Und als ich sah, wie er ihre Jungfräulichkeit zerriß und das rote Band des Blutes sich auf die seidenen Laken ergoß, stieß ich einen Schmerzenslaut aus, und er wurde meiner Anwesenheit gewahr. Er war ein großer Zauberer, gesegnet sei sein Name, und er konnte mich sehr wohl erkennen, obwohl ich unsichtbar war. Und da lag er, in ihrem Schweiß und seinem Schweiß, und sah die kleinen Liebesbisse, die höchst kunstvoll und leider keineswegs unsichtbar in der Höhlung ihres Schlüsselbeins angebracht waren und – anderswo, wie Sie sich denken können. Und er sah sehr wohl das jungfräuliche Blut, denn sonst wäre mein Schicksal vermutlich schlimmer ausgefallen, doch er sperrte mich mit einem machtvollen Zauberwort in einen großen Metallflakon ein, der sich im Raum befand, und versiegelte ihn mit seinem Siegel, und sie sagte kein Wort, bat nicht für mich, obwohl ich ein Gläubiger und nicht ein Anhänger des Iblis bin, sondern legte sich zurück und seufzte, und ich sah, wie ihre Zunge ihre perlmuttschimmernden Zähne umspielte und ihre weiche Hand jene Teile seines Körpers zu berühren trachtete, die ihr solchen Genuß bereitet hatten, und ich war ihr nichts, ich war ein Hauch in einer Flasche. Und so wurde ich zusammen mit vielen Leidensgenossen ins Rote Meer geworfen, wo ich zweieinhalbtausend Jahre lang schmachtete, bis mich ein Fischer in seinem Netz fing und die Flasche einem reisenden Händler verkaufte, der sie auf den Bazar von Istanbul brachte, wo die Dienerin von Prinzessin Mihrimah, der Tochter Süleymans des Prächtigen, sie kaufte und sie in den Ort der Seligkeit, Eski Sarayi, den Harem des Palasts, mitnahm.«

»Sagen Sie mir«, sagte Gillian, die ihn in seiner Geschichte unterbrach, »was es ist, was Frauen sich am sehnlichsten wünschen.«

»Wissen Sie es nicht?« fragte der Dschinn. »Wenn Sie es nicht wissen, kann ich es Ihnen nicht sagen.«

»Vielleicht wünschen sich nicht alle das gleiche.«

»Vielleicht. Ihre eigenen Wünsche, Dschil-yan Peri-han, sind mir nicht klar. Ich kann Ihre Gedanken nicht lesen, und das verwirrt mich. Wollen Sie mir nicht Ihre Lebensgeschichte erzählen?«

»Sie ist uninteressant. Erzählen Sie mir, was geschah, nachdem Prinzessin Mihrimah Sie kaufte.«

»Sie war die Tochter des Sultans Süleyman des Prächtigen und seiner Konkubine Roxelana, genannt la Rossa, einer Frau aus Galizien, Tochter eines ukrainischen Pfarrers, mit dem türkischen Beinamen Hurrem, die Lachende. Roxelana war gewaltig wie ein Heer, o ja. Sie besiegte die frühere Liebe des Sultans, Gülbahar, die Rose des Frühlings, die er über alles geliebt hatte, und als sie ihm einen Sohn gebar, brachte sie ihn lachend dazu, daß er sie heiratete, was noch keiner Konkubine, keiner Christin, je zuvor gelungen war. Und als die Küchen brannten – nach Ihrer Zeitrechnung im Jahre 1540 –, führte sie ihr Gesinde in das Serail, hundert Hofdamen und Eunuchen, die vor Furcht zitterten, weil sie erwarteten, auf der Stelle entleibt zu werden, doch größer noch war die Furcht vor dem Gelächter ihrer Herrin, und sie ließ sich im Palast nieder. Und Rüstem Pascha, Mihrimahs Gatte, wurde zum Großwesir ernannt, nachdem Ibrahim erdrosselt worden war. Ich erinnere mich an den Sultan Süleyman den Prächtigen – sein Gesicht war rund, mit blauen Augen, er hatte die Nase eines Widders, den Körper eines Löwen, einen Vollbart und einen langen Hals – er war ein großer Mann, ein König unter den Männern, ein Mann, der weder Furcht noch Lauheit kannte, ein prachtvoller Mann ... Die nach ihm kamen, waren Narren und Kinder. Sie war schuld daran, Roxelana. Sie intrigierte gegen seinen Sohn Mustafa, den Sohn

Gülbahars, der seinem Vater ähnlich war und ein kluger Herrscher gewesen wäre – sie redete Süleyman ein, er sei ein Verräter, und als er sich kühn seinem Vater näherte, erwarteten sie ihn bereits, die stummen Schergen mit der seidenen Schnur, und er wollte die Janitscharen, die ihn liebten, zu Hilfe rufen, doch die Schergen schlugen ihn nieder und erdrosselten ihn. Ich sah alles mit an, denn meine neue Herrin hatte mich hingeschickt, ein Sklavenmädchen, das Mihrimah gehörte und meine Flasche geöffnet hatte im Glauben, sie enthalte eine Essenz für das Badewasser ihrer Herrin. Sie war Christin, Tscherkessin, etwas fade für meinen Geschmack, Gülten, von ängstlicher Natur, tränenselig und händeringend. Und als ich in dem verborgenen Baderaum vor ihr erschien, fiel sie sogleich in Ohnmacht, und es kostete mich beträchtliche Mühe, sie zur Besinnung zu bringen und ihr zu erklären, daß ihr drei Wünsche freistanden, weil sie mich befreit hatte, und daß ich ihr nichts antun wolle und es gar nicht könne, weil ich der Sklave der Flasche war, bis ihre drei Wünsche erfüllt waren. Und das arme dumme Ding war bis zur Besinnungslosigkeit in Prinz Mustafa verliebt und wünschte sich sofort, Gnade vor seinen Augen zu finden. Was sich einstellte – er ließ nach ihr rufen – ich sprach zu ihm – ich geleitete sie zu seinem Schlafzimmer, ich erklärte ihr, wie sie ihm zu Gefallen zu sein habe – er war seinem Vater ähnlich und liebte wie er die Dichtung und den Gesang und gute Manieren. Und dann wünschte das dumme Ding sich, schwanger zu werden –«

»Ein nur zu natürlicher Wunsch.«

»Natürlich, aber unendlich dumm. Es wäre klüger gewesen, den Wunsch *gegen* eine Schwangerschaft zu verwenden, meine Dame, und es war sehr töricht, ihn so gedankenlos zu verschwenden, denn beide waren jung und gesund und heißblütig, und das, was geschah, wäre auch ohne mein Zutun geschehen, und ich hätte ihr in wichtigeren Belangen helfen können. Denn als Roxelana erfuhr, daß Gülten mit Mustafas Kind schwanger ging, befahl sie ihren Eunuchen, die Sklavin in einen Sack einzunähen und in den Bosporus zu werfen. Und ich war von Mustafas Hinrichtung zurückgeflogen und dachte im stillen, daß sie jeden Augenblick an mich denken und wünschen mußte – ich weiß nicht genau was, aber wünschen, weit weg zu sein oder nicht mehr in dem Sack zu sein oder wieder in Tscherkessien zu sein –, und ich wartete darauf, daß sie ihren Wunsch tat, denn sobald sie ihn geäußert hatte, wären wir beide frei gewesen, ich, um dorthin zu fliegen, wohin ich fliegen wollte, sie, um zu leben und ihr Kind auszutragen. Aber ihre Gliedmaßen waren wie erstarrt vor Kälte, und ihre Lippen waren vor Entsetzen so blau wie Lapislazuli, und ihre blauen Augen traten ihr aus dem Kopf – und die Gärtner – die Henker dienten auch als Gärtner, müssen Sie wissen – stopften sie wie einen abgestorbenen Rosenstrauch in den Sack und trugen sie zu der Stelle über dem Bosporus. Und ich überlegte, ob ich sie retten sollte – aber ich rechnete noch immer damit, daß sie jeden Augenblick wünschen mußte, nicht zu sterben, sogar unwillentlich, und wenn ich abwartete und am Abend unsichtbar durch den Garten eilte – die Rosen blühten und dufteten so stark, daß man fast ohnmächtig wurde –, und sie plumpste ins Wasser und ertrank, bevor ich begriffen hatte, daß sie in keiner Verfassung war, irgendeinen Wunsch zu tun.

Da war ich nun«, sagte der Dschinn, »halb befreit, so könnte man sagen, doch immer noch an die Flasche gefesselt, da der dritte Wunsch fehlte. Ich merkte, daß ich tagsüber innerhalb eines gewissen Umkreises frei herumgehen konnte, doch abends mußte ich mich wieder in die Flasche begeben, um dort die Nacht zu verbringen. Ich war ein Gefangener des Harems, und es sah nicht so aus, als würde sich das je ändern, denn meine Flasche war unter einer Badezimmerkachel sorgsam versteckt, einer Kachel, die heimlich gelockert worden war, worum nur die tote Tscherkessin gewußt hatte. Frauen, die an solchen Orten eingesperrt sind, finden so manchen geheimen Ort, wo sie Dinge verstecken, weil sie es lieben, Kleinigkeiten zu besitzen oder einen Platz zu haben, wo sie Briefe verstecken können – Orte, von denen außer ihnen niemand weiß, wie sie gern denken. Und ich konnte niemanden dazu bringen, der Kachel und der Flasche Aufmerksamkeit zu schenken; das lag nicht in meiner Macht.

Und so geisterte ich fast hundert Jahre lang im Topkapı Sarayi umher, poetisch ausgedrückt: mit einer seidenen Schnur an den Flakon gefesselt, der im Badezimmer versteckt war. Ich sah, wie Roxelana Süleyman den Prächtigen dazu überredete, dem Schah Tahmasp von Persien, bei dem ihr jüngster Sohn Bayezid Zuflucht gesucht hatte, zu schreiben und ihm zu befehlen, den jungen Prinzen zu töten – was der Schah um der Gastfreundschaft willen nicht tun konnte, aber er ließ es zu, daß türkische stumme Schergen es taten, wie dies üblich war, und so wurde Bayezid mitsamt seinen vier Söhnen umgebracht, und auch sein fünfter, dreijähriger Sohn starb, der in Bursa versteckt gehalten wurde.

Auch Bayezid wäre ein guter Herrscher gewesen, glaube ich – wie es jedermann glaubte.«

»*Warum?*« fragte Gillian Perholt.

»Es war so üblich, meine Dame, und Roxelana wollte die Thronfolge für ihren ältesten Sohn Selim sichern, Selim den Trunkenbold, Selim den Säufer, Selim den Dichter, der nach allzu vielen Krügen Wein in einem Badehaus starb. Roxelana war da schon lange tot und begraben, und ihre Tochter Mihrimah ließ zu Ehren Süleymans eine neue Moschee von dem großen Architekten Sinan erbauen, der die Süleymaniye-Moschee im heiligen Wettstreit mit der Hagia Sophia errichtete. Und ich sah Sultane kommen und gehen – Murad III., über den Frauen herrschten und der fünf seiner Brüder erwürgen ließ, Mehmet III., der neunzehn Brüder erwürgen ließ und sie fürstlich beerdigte und der starb, als ein Derwisch ihm weissagte, er werde noch fünfundfünfzig Tage leben – und am fünfundfünfzigsten starb er in Furcht und Zittern. Ich sah Mustafa, den Wahnsinnigen und Heiligen, der aus dem Prinzenkäfig, dem Kafes, geholt wurde, abgesetzt wurde, nach der Ermordung des Knaben Osman wiederum geholt und von Murad IV. abgesetzt wurde, der der Grausamste von allen war. Gnädige, können Sie sich vorstellen, daß jemand einen Reigen entzückender Mädchen auf einer Wiese tanzen sieht und anordnet, man möge sie ertränken, weil sie zu laut gesungen hätten? Niemand wagte es damals, im Palast die Stimme zu erheben, um nicht seine Aufmerksamkeit zu erregen. Er war imstande, Leute töten zu lassen, weil sie aus Furcht vor seinen tödlichen Launen mit den Zähnen klapperten. Und als er im Sterben lag, ordnete er die Ermordung seines einzigen noch lebenden Bruders Ibrahim an. Aber seine Mutter, Kösem, die Griechin, die Valide Sultan, belog ihn und sagte, die Tat sei ausgeführt worden, obwohl es nicht so war. Ich sah, wie er lächelte und aufstehen wollte, um den Leichnam zu sehen, und im Todeskampf auf das Lager zurückfiel.

Ibrahim jedoch war ein Narr und grausam, und er hatte die Gewohnheiten des Harems, wo er aufgewachsen war, angenommen. Er hörte auf eine alte Geschichtenerzählerin im Harem, ein altes Weib aus dem Norden, nördlich der Ukraine, das ihm von Königen hoch im Norden erzählte, die ihre Konkubinen in Zimmern liebten, die zur Gänze mit Zobelfellen ausgeschlagen waren, die Ruhebetten waren mit Zobelfellen bedeckt, und am Körper trugen die Könige Zobelfelle. Und er ließ sich ein Gewand anfertigen, das innen wie außen aus Zobelfellen bestand, mit Edelsteinen als Knöpfen, und das trug er, wenn er sich seinen Gelüsten hingab, und nach einiger Zeit roch das Gewand nicht sehr gut. Und er glaubte, daß die Lust größer sei, wenn die Fleischmassen, mit denen er sich vergnügte, besonders groß waren, und er sandte Janitscharen in seine Länder aus, damit sie ihm die üppigsten, fülligsten Frauen für sein Lager brachten, wo er auf diese Frauen kletterte und die Zipfel seines dunklen Pelzgewandes wie ein Zottelwesen hinter sich herzog. Und so kam ich wieder in meine Flasche, denn die fetteste dieser Personen, die üppigste und wollüstigste, deren Körper wie der einer süß duftenden Kuh war, deren Knöchel, Gnädigste, doppelt so breit waren, wie es Ihre gegenwärtige Taille ist – sie war eine armenische Christin, sie war kurzatmig und fügsam –, sie war so schwer, daß sie durch ihr Gewicht die lose Kachel bewegte, unter der meine Flasche versteckt war, und so kam es, daß ich vor ihr im Badezimmer erschien, so daß sie vor Angst winselte. Ich sagte ihr, daß die Valide Sultan beabsichtige, sie am Abend während des Banketts, für das sie sich ankleiden wollte, erdrosseln zu lassen, und ich erwartete, daß sie einen Wunsch äußerte – daß sie sich tausend Meilen weit weg wünschte oder wünschte, jemand möge die Valide Sultan erdrosseln, oder auch nur einen kleinen Wunsch tat, etwa wie ›ich wollte, ich wüßte, was ich tun soll‹, und ich hätte ihr gesagt, was sie tun sollte, und wäre danach mit aller Macht meiner Schwingen davongeflogen.

Aber die füllige Dame war selbstzufrieden und geistig träge, und ihr fiel nichts Besseres ein als zu sagen: ›Ich wünschte, du wärst wieder in deiner Flasche, du ungläubiger Ifrit, du schmutziger Dschinn. Mit deinesgleichen will ich nichts zu tun haben. Du stinkst‹, fügte sie noch hinzu, als ich mich in Rauch zurückverwandelte, in die Flasche kroch, und sie sie zustöpselte. Und sie trug mein Behältnis durch den Rosengarten, durch den meine weiße Tscherkessin getragen worden war, und warf mich in den Bosporus. Sie tat es eigenhändig; ich spürte, wie ihr Fleisch beim Gehen wollüstig wakkelte und wogte. Ich wollte schon sagen, sie habe sich seit Jahren nicht soviel bewegt, aber das wäre ungerecht, denn sie mußte ihre Muskulatur in bestimmter Hinsicht ausgiebig anstrengen, um den ehrgeizigeren Ideen Sultan Ibrahims entgegenzukommen. Und am gleichen Abend ließ Kösem sie strangulieren, wie ich es vorhergesagt hatte. Es wäre interessanter gewesen, von Roxelana oder Kösem, einer dieser tüchtigen Sultanas, befreit zu werden, aber mein Schicksal war nun einmal die Weiblichkeit.

Und so kam es, daß ich abermals zweihundertundfünfzig Jahre lang im Bosporus umhertrieb, bis mich abermals ein Fischer herausfischte und einem Händler aus Smyrna als Antiquität verkaufte, und der Händler schenkte mich – oder meine Flasche – als Liebesgabe seiner jungen Ehefrau Zefir, die in ihren Haremsgemächern eine Sammlung von sonderbar geformten Flaschen und Krügen hatte. Und Zefir wußte, was das Siegel auf der Flasche bedeutete, als sie es erblickte, denn sie hatte viele Geschichten und Märchen gelesen. Später erzählte sie mir, daß sie die ganze Nacht voller Furcht überlegt hatte, ob sie die Flasche öffnen solle oder nicht, da ich möglicherweise zornig sein konnte, so wie der Dschinn, der seinen Retter zu töten drohte, weil er im Verlauf der Jahrhunderte zornig geworden war, daß der arme Mann erst so spät erschien. Aber Zefir war ein tapferes Geschöpf, und sie war wißbegierig und zu Tode gelangweilt, und so kam es, daß sie eines Tages, als sie in ihren Gemächern alleine war, das Siegel entfernte . . .«

»Wie war sie?« fragte Gillian, als sie merkte, daß der Dschinn in eine erinnerungsselige Träumerei zu versinken schien.

Seine Lider waren halb geschlossen, seine großen Nasenflügel bebten.

»Ah«, sagte er, »Zefir. Sie war als Vierzehnjährige mit dem Händler verheiratet worden, der älter war als sie, der sie aber freundlich behandelte, sofern man es als freundlich bezeichnen will, wenn jemand einen anderen wie ein Schoßhündchen oder ein verwöhntes

Kleinkind oder einen Federball im Vogelkäfig behandelt. Sie war ein hübsches Geschöpf, zierlich und dunkel, mit unergründlichen schwarzbraunen Augen und einem scharfgeschnittenen Mund, dessen Winkel herabgezogen waren. Zefir war widerspenstig und launisch, und sie hatte nichts zu tun, gar nichts. Es gab eine ältere Frau, die sie nicht leiden konnte und sich nicht mit ihr abgab, und die Diener hatte sie im Verdacht, daß sie sich über sie lustig machten. Sie verbrachte ihre Zeit damit, große Seidenbilder zu sticken: Bilder, die Geschichten erzählten, die Geschichten von Schahnama, von Rüstem und dem Schah Kaykavus, der es den Dschinnen gleichtun und fliegen wollte – er dachte sich eine recht schlaue Methode dafür aus, indem er vier kräftige, aber hungrige Adler an einen Thron band und vier saftige Hammelkeulen auf den Pfosten des Thronhimmels anbrachte, und dann setzte er sich auf den Thron, und die Adler, die an das Fleisch gelangen wollten, hoben dabei den Thron – und den Schah – in die Lüfte. Aber sie ermüdeten, und der Thron stürzte mitsamt dem Sitzenden zur Erde, und sie hatte gestickt, wie er mit dem Kopf voraus hinunterstürzte, und sie hatte einen Teppich von Blumen gestickt, damit er weich fiel, denn sie fand, daß er kein Narr war, sondern ein ehrgeiziger Mensch. Sie hätten sehen sollen, wie herrlich ihre Hammelkeulen anzusehen waren, wie lebendig – ich meine, wie tot. Zefir war eine große Künstlerin, aber niemand bekam ihre Kunstwerke zu sehen. Und sie war voller Zorn, weil sie wußte, daß sie zu vielerlei befähigt war, was sie nicht hätte benennen können, so daß ihr diese Dinge wie schlechte Träume erscheinen mußten – so erzählte sie es mir. Sie sagte, ihre brachliegenden Kräfte verzehrten sie und sie komme sich vor, als sei sie eine Hexe – aber wäre sie ein Mann, so sagte sie, dann wäre an ihren Wünschen nichts Ungewöhnliches gewesen. Wäre sie ein Mann gewesen, ein Mann des Okzidents, dann hätte sie es dem großen Leonardo gleichgetan, dessen fliegende Maschinen einen ganzen Sommer lang den Hof Süleymans beschäftigten.

Und ich lehrte sie Mathematik, die sie liebte, und Astronomie und viele Sprachen, sie lernte alles heimlich mit mir, und Dichtkunst – wir schrieben ein Epos über die Reisen der Königin von Saba – und Geschichte, ich unterrichtete sie in der Geschichte der Türkei und in der des Römischen Reiches und in der des Heiligen Römischen Reiches – ich brachte ihr Romane in vielen Sprachen und philosophische Abhandlungen, Kant und Descartes und Leibniz –«

»Moment mal«, sagte Gillian. »Hat sie sich gewünscht, daß Sie ihr diese Dinge beibringen?«

»Nicht direkt«, sagte der Dschinn. »Sie hat sich gewünscht, klug und gebildet zu sein, und ich kannte die Königin von Saba und wußte, was eine kluge Frau ausmachte –«

»Warum hat sie sich nicht gewünscht, aus ihrem *Alltag* auszubrechen?« fragte Gillian.

»Ich habe ihr davon abgeraten. Ich sagte ihr, dieser Wunsch werde ihr kein Glück bringen, solange sie über den möglichen Ort oder die Zeit, wohin sie sich wünschen wollte, nicht besser Bescheid wisse – ich sagte, es gebe keinen Grund zur Eile –«

»Es gefiel Ihnen, sie zu unterrichten.«

»Selten nur kann es ein intelligenteres Menschenwesen gegeben haben«, sagte der Dschinn. »Und nicht allein intelligent.« Er schien in Gedanken versunken.

»Ich lehrte sie auch anderes«, sagte er. »Nicht von Anfang an. Zuerst flog ich mit Büchern und Papieren und Schriften ein und aus, und dann begann ich, sie zeitweilig zu verstecken, indem ich sie in ihre Flaschensammlung zauberte – sie konnte sich jederzeit Aristoteles aus dem roten Parfumflakon holen oder Euklid aus der grünen tropfenförmigen Flasche, ohne daß ich die Bücher herbeizaubern mußte –«

»Zählte das als Wunsch?« fragte Gillian streng.

»Nicht direkt«, antwortete der Dschinn ausweichend. »Ich brachte ihr ein paar Zaubersprüche bei – um ihr zu helfen – weil ich sie liebte –«

»Weil Sie sie liebten –«

»Ich liebte es, wenn sie zornig war. Ich liebte es, daß ich die Macht hatte, ihre finstere Miene in ein Lächeln zu verwandeln. Ich lehrte sie, was ihr Ehemann sie nicht gelehrt hatte, sich ihres eigenen Körpers zu erfreuen, ohne die Unterwürfigkeitsbezeigungen gegenüber den Aktivitäten ihres Mannes zur Schau zu stellen, die dieser Trottel zu verlangen schien.«

»Es eilte Ihnen nicht damit, ihr die Freiheit zu verschaffen, sie ihre neuerlangte Macht anderswo erproben zu sehen –«

»Nein. Wir waren glücklich. Ich lehre gerne. Das ist für einen Dschinn ungewöhnlich – es liegt in unserer Natur, die Menschen mit Vorliebe irrezuleiten und zu betrügen. Aber Menschen sind selten von Natur aus so wissensdurstig wie Zefir. Und ich hatte soviel Zeit, wie ich wollte –«

»*Sie nicht*«, sagte Gillian im Bemühen, sich in die Geschichte einzufühlen, was durch die Empfindungen des Dschinns ganz offenkundig erschwert wurde. Gillian empfand etwas wie einen leisen und sich ganz selbstverständlich einstellenden Neid auf das seit langem tote türkische Wunderkind, als sie sah, daß der Gedanke an dieses Wesen ein verträumtes Lächeln auf die Lippen dessen zauberte, den sie inzwischen bereits als *ihren* Dschinn betrachtete. Gleichzeitig empfand sie jedoch auch Unbehagen um Zefirs willen angesichts der Neigung des Dschinns, Befreier und Gefängniswärter in einer Person zu sein.

»Ich weiß«, sagte der Dschinn. »Ich weiß, sie war sterblich. Welches Jahr haben wir jetzt?«

»Das Jahr 1991.«

»Wenn sie noch lebte, wäre sie heute einhundertvierundsechzig Jahre alt. Und unser Kind wäre einhundertundvierzig, was für einen Menschen unmöglich ist.«

»Ein Kind?«

»Aus Feuer und Staub. Ich wollte mit ihm um die Erde fliegen und ihm Städte, Wälder und Küsten zeigen. Er wäre ein großer Geist geworden – vielleicht. Ich weiß nicht, ob er überhaupt geboren wurde.«

»Er oder sie.«

»Er oder sie, in der Tat.«

»Was geschah? Hat sie sich überhaupt *irgend etwas* gewünscht? Oder haben Sie es zu verhindern gewußt, um sie als Gefangene zu behalten? Wie sind Sie in meine Çesm-i-bülbül-Flasche gekommen? Das verstehe ich nicht.«

»Sie war eine sehr kluge Frau, so wie Sie, Dschil-yan, und sie wußte, daß es besser war zu warten. Und dann –

so glaube ich – nein, weiß ich – begann sie zu wünschen – zu hoffen –, daß ich bei ihr blieb. Wir verfügten in ihrem kleinen Gemach über eine ganze Welt. Ich brachte Dinge aus aller Welt herbei – Seidenstoffe und Satin, Zuckerrohr und Papayas, grünliche Eisblöcke, Donatellos Perseus, Volieren voller Papageien, Wasserfälle und Flüsse. Eines Tages tat sie den unbedachten Wunsch, mit mir nach Amerika zu fliegen, und dann hätte sie sich am liebsten die Zunge abgebissen und hätte beinahe einen zweiten Wunsch verschwendet, um den ersten ungeschehen zu machen, aber ich legte ihr einen Finger auf die Lippen – und sie begriff sofort, sie war so flink –, und ich küßte sie, und wir flogen nach Brasilien und nach Paraguay und sahen den Amazonas, der so groß ist wie ein Meer, und die wilden Tiere in den Urwäldern, wo kein Mensch sich je hinverirrt, und sie lag so warm an meinem Herzen, eingehüllt in den Federumhang – dort draußen gibt es noch mehr Geister in Federumhängen, wie wir sahen, denen wir über dem Blätterdach des Waldes begegneten –, und dann brachte ich sie in ihre Gemächer zurück, und sie wurde ohnmächtig vor Freude und vor Enttäuschung.«

Wieder hielt er inne, und Dr. Perholt, die Lukum lutschte, mußte ihn animieren weiterzusprechen.

»Zwei Wünsche waren also getan. Und sie war schwanger. War sie glücklich über die Schwangerschaft?«

»Gewiß, in gewisser Weise war sie glücklich, ein Kind mit Zauberkräften empfangen zu haben. Und in anderer Hinsicht war sie ebenso gewiß nicht glücklich: Sie sagte, sie solle vielleicht um einen Zauberpalast bitten, um das Kind dort verborgen und in Sicherheit aufzuziehen – aber es war nicht das, was sie wollte –, und sie sagte, sie wisse nicht, ob sie überhaupt ein Kind wolle, und es kam soweit, daß sie kurz davor war zu wünschen, daß es das Kind nicht gebe –«

»Aber das verhinderten Sie.«

»Ich liebte sie. Es war mein Kind. Ein kleines Samenkorn, wie ein gebogenes Komma aus Rauch in einer Flasche, das wuchs, während ich über es wachte. Sie liebte mich, so glaube ich, sie konnte nicht wirklich wünschen, daß es ihn nicht gab.«

»Oder sie. Oder konnten Sie sehen, was es sein würde?«

Er dachte nach. »Nein, das konnte ich nicht. Ich nahm an, daß es ein Sohn sein würde.«

»Aber Sie haben ihn nie gesehen.«

»Wir stritten. Immer wieder. Ich sagte bereits, daß sie von zornmütiger Natur war. Sie war wie der unvermutete Regenguß, wie Donner und Blitz. Sie machte mir Vorwürfe. Sie sagte, ich hätte ihr Leben zerstört. Immer wieder. Und dann spielten wir wieder. Ich machte mich klein und versteckte mich. Eines Tages versteckte ich mich ihr zu Gefallen in der neuen Çesmi-bülbül-Flasche, die ihr Mann ihr geschenkt hatte: Ich ließ mich hineingleiten und rollte mich drinnen zusammen; und plötzlich begann sie zu weinen und schimpfen, und sie rief: ›Ich wollte, ich könnte dich vergessen!‹ – und so geschah es, auf der Stelle.«

»Aber –«, sagte Dr. Perholt.

»Aber?« wiederholte der Dämon.

»Aber warum sind Sie nicht einfach aus der Flasche entwichen? Salomon hatte diese Flasche doch nicht versiegelt –«

»Ich hatte ihr zum Vergnügen ein paar wirkkräftige Zaubersprüche beigebracht – zu meinem Vergnügen, indem ich mich in ihre Macht begab, zu ihrem, indem sie Macht erhielt. Es gibt Menschen, die solche Spiele mit Handschellen und Fesseln spielen. Sich in einer Flasche zu befinden hat einiges – hat manches damit gemein, sich in einer Frau zu befinden – einen gewissen Schmerz, der von Lust nicht immer zu unterscheiden ist. Wir können nicht sterben, aber in dem Augenblick, in dem wir unendlich klein werden im Hals einer Flasche oder eines Kruges oder eines Flakons – in diesem Augenblick durchfährt uns eine Ahnung der Auslöschung, der Vernichtung, so wie Menschen vom Sterben, vom Tod sprechen, wenn sie den Höhepunkt der Liebesseligkeit bezeichnen. In der Flasche wie nichts zu werden oder meinen Samen in sie zu ergießen, das war ein wenig das gleiche. Und ich lehrte sie die Zauberworte wie in einer Art Wette, wie beim Spiel. Russisches Roulette«, sagte der Dschinn, der diese unerwarteten Worte aus der Luft zu greifen schien.

»Und so kam es, daß ich drinnen war und sie draußen war und mich vergessen hatte«, beschloß er seine Erzählung.

»Und jetzt«, sagte der Dschinn, »nachdem ich Ihnen die Geschichte meiner Gefangenschaften erzählt habe, müssen Sie mir Ihre Geschichte erzählen.«

»Ich bin Hochschullehrerin. An einer Universität. Ich war verheiratet, und jetzt bin ich frei. Ich reise in Flugzeugen um die Welt und halte Vorträge über das Geschichtenerzählen.«

»Erzählen Sie mir Ihre Geschichte.«

Panik erfaßte Dr. Perholt. Es kam ihr vor, als habe sie keine Geschichte, keine, die dieses glühende Wesen mit seinem durchdringenden Blick und seiner rastlosen Intelligenz interessieren konnte. Sie konnte ihm nicht die Geschichte der westlichen Welt seit dem Tag erzählen, als Zefir ihn unklugerweise in eine Flasche aus Çesm-i-bülbül-Glas gewünscht und dort vergessen hatte, und wie sollte er sie ohne diese Abfolge von Wundern verstehen können?

Er legte eine große Hand auf ihre Schulter im Bademantel, die sich sogar durch den Frotteestoff heiß und trocken anfühlte.

»Erzählen Sie irgend etwas«, sagte der Dschinn.

Und unwillkürlich begann sie ihm zu erzählen, daß sie als Kind in einem Internat in Cumberland gewesen war, in einer Mädchenschule, einer Schule, wo man sich nirgends vor dem Geschnatter und Geklatsche der anderen Mädchen retten konnte. Vielleicht erzählte sie ihm das wegen ihres Bildes von Zefir in den Frauengemächern des Smyrna von 1850. Sie erzählte ihm, wie grauenhaft die Schlafsäle waren, in denen der Atem so vieler Schlafender hing. Ich bin von Natur aus einzelgängerisch, erklärte Dr. Perholt dem Dschinn. Sie hatte heimlich ein Buch geschrieben, ihr erstes Buch, wie sie ihm erzählte, im Verlauf dieser Gefangenschaft im Internat, ein Buch über einen jungen Mann namens Julian, der sich versteckt hielt, an einem ähnlichen Ort und als Mädchen verkleidet, das sich Julienne nannte. Er versteckte sich vor Kidnappern oder einem gedungenen Mörder, daran erinnerte sie sich in der Rückschau nicht mehr so recht, wie sie dem Dschinn erklärte. Ihre Stimme erstarb. Der Dschinn wurde ungeduldig. Hatte sie damals Frauen geliebt? Nein, sagte Dr. Perholt, sie nahm an, daß sie diese Geschichte aus einem Gefühl der Leere heraus geschrieben hatte, aus einem Bedürfnis heraus, sich einen Knaben, einen Mann, das ganz andere vorzustellen. Und wie ging die Geschichte weiter, fragte der Dschinn, und warum konnten Sie keinen wirklichen Mann oder Knaben finden, wie ging die Geschichte aus? Ich konnte sie nicht beenden, sagte Dr. Perholt. »Unter dem Schreiben kam sie mir dümmlich vor, ich konnte erkennen, wie dümmlich sie war. Ich staffierte sie mit Details aus, mit realistischen Einzelheiten, mit seiner Unterwäsche, seinen Schwierigkeiten mit dem Sport, und je realistischer ich einzufügen versuchte, was in Wahrheit ein Aufschrei des Verlangens war – des Verlangens nach nichts Bestimmtem –, um so dämlicher wurde meine Geschichte. Es hätte eine Farce oder eine Fabel sein müssen, das ist mir heute klar, und statt dessen fabrizierte ich Leidenschaft und Tragik und Knöpfe voller Naturalismus. Ich habe das Ganze im Ofen der Schule verbrannt. Meine Phantasie hatte mich im Stich gelassen. Ich hatte mich heillos in die Frage verstrickt, was Realismus war, was Realität war, was Wahrheit – mein Bedürfnis, nicht dort zu sein, wo ich war –, und meine Phantasie hatte dabei versagt. Vielleicht bin ich deshalb Narratologin und nicht Schriftstellerin geworden, weil Julian/Julienne eine so lächerliche Figur war. Ich versuchte, ihn zu beschwören – er hatte langes schwarzes Haar, damals, als alle das Haar kurz trugen –, aber er blieb standhaft abwesend, so gut wie abwesend. Nicht ganz. Von Zeit zu Zeit hatte er etwas wie eine Existenz, eine Art Erscheinung. Verstehen Sie mich?«

»Nicht ganz«, sagte der Dschinn. »Er war eine Emanation wie dieser Becker, den Sie nicht als Geschenk haben wollten.«

»Nur die Emanation einer Abwesenheit.« Sie schwieg. »Als ich ein Kind war, gab es einen echten Jungen.«

»Ihren ersten Geliebten.«

»Nein, nein. Nicht aus Fleisch und Blut. Einen goldenen Jungen, der mich überallhin begleitete. Der bei Tisch neben mir saß, der nachts neben mir lag, der mit mir sang, in meinen Träumen wandelte. Der verschwand, wenn ich Kopfweh hatte oder krank war, aber immer da war, wenn das Asthma mich ans Bett fesselte. Er hieß Tadzio, woher ich das hatte, weiß ich nicht, er brachte den Namen mit, eines Tages, ich sah auf, und da war er. Er erzählte mir Geschichten. In einer Sprache, die außer uns niemand sprach. Eines Tages stieß ich auf ein Gedicht, das beschrieb, wie es war, in seiner Gesellschaft zu leben. Ich hatte nicht gewußt, daß jemand anders darüber Bescheid wußte, bis ich das Gedicht las.«

»Ich kenne diese Wesen«, sagte der Dschinn. »Zefir hat eines gekannt. Sie sagte, es sei stets ein wenig durchsichtig, gehorche jedoch seinem eigenen Willen, nicht ihrem. Sagen Sie mir Ihr Gedicht auf.«

Als ich kaum dreizehn Jahre war,
Da ging ich in ein goldenes Land,
Chimborazo, Cotopaxi
Nahmen mich bei der Hand.

Mein Vater starb, mein Bruder starb,
Wie Träume, die man vergißt,
Ich stand, wo Popocatepetl
In der Sonne gleißt.

Schwach klang die Stimme des Schulmeisters,
Von fern hörte die Kinder ich,
Chimborazo, Cotopaxi
Hatten verzaubert mich.

Ich ging wie in einem goldenen Traum
Zur Schule und nach Haus' –
Der Glanz von Popocatepetl
Lag auf der staubigen Straß'.

Ich ging neben einem goldenen Jungen
Und sagte kein einziges Wort,
Chimborazo, Cotopaxi
Hatten den Mund mir versperrt:

Berückt schaute ich in sein Gesicht,
Schöner als jede Blume –
O schimmernder Popocatepetl,
Es war deine zaubrische Stunde:

Häuser und Menschen und Verkehr schienen
Im Tageslicht vergehender Träume Staub,
Chimborazo, Cotopaxi
Hatten meine Seele geraubt.

»Ich liebe dieses Gedicht«, sagte Dr. Perholt. »Es enthält zweierlei: Namen und den goldenen Jungen. Die Namen sind nicht die Namen des Jungen, sie sind das romantische Element der Sprache, und *er* ist das romantische Element der Sprache – er ist realer als – als die Realität – so wie die Göttin von Ephesos realer ist, als ich es bin –«

»Und ich bin hier«, sagte der Dschinn.

»Ja«, sagte Dr. Perholt. »Zweifellos.«

Beide schwiegen. Der Dschinn brachte das Gespräch wieder auf Dr. Perholts Ehemann, ihre Kinder, ihr Haus, ihre Eltern, und sie beantwortete seine Fragen, ohne diesen nunmehr wahrlich unbedeutenden Menschen das geringste Leben, die geringste Farbe zu verleihen – in ihren wie in seinen Augen. Mein Mann ist mit Emmeline Porter nach Majorca gegangen, sagte sie zu dem Dschinn, und er hat beschlossen, nicht zurückzukommen, und ich war froh darüber. Der Dschinn fragte sie nach dem Aussehen Mr. Perholts und nach der Art der Schönheit Emmeline Porters aus und erhielt nichtssagende, unbefriedigende Antworten. Ihre Leute sind Wachsfiguren, sagte der Dschinn ungehalten.

»Ich habe keine Lust, an sie zu denken.«

»Das ist nicht zu übersehen. Erzählen Sie mir etwas über sich – etwas, was Sie noch nie jemandem erzählt haben, etwas, was Sie keinem Geliebten in tiefster Nacht, keinem Freund an einem warmen, langen Abend anvertraut haben. Etwas, was Sie für mich aufbewahrt haben.«

Und ein Bild stellte sich in ihrem Geist ein, das sie als unbedeutend verwarf.

»Erzählen Sie es mir«, sagte der Dschinn.

»Es ist unbedeutend.«

»Erzählen Sie es mir.«

»Ich war einmal Brautjungfer. Bei einer guten College-Freundin, die ganz in Weiß heiraten wollte, mit Schleier und Blumen und Orgelmusik, obwohl sie längst glücklich mit ihrem festen Freund liiert war, sie schliefen miteinander, sie sagte, daß sie völlig glücklich sei, und ich glaubte ihr. Im College wirkte sie so selbstsicher, so eindrucksvoll – eine Frau mit Ausstrahlung, eine Frau mit sexueller Erfahrung, was zu meiner Zeit ungewöhnlich war –«

»Frauen haben schon immer Mittel und Wege –«

»Reden Sie nicht daher wie *Tausendundeine Nacht*. Ich erzähle Ihnen doch gerade etwas. Sie war voll körperlicher Anmut und war fähig, glücklich zu sein, was die meisten von uns nicht waren, weil es Mode war, unsicher und verstört zu sein, jedenfalls unter den jungen Frauen jener Tage – wahrscheinlich auch unter den jungen Männern. Für unsere Generation hatte es etwas Demütigendes, eine ledige Frau zu sein, eine Jungfer, obwohl meine Freundinnen und ich gebildete Mädchen waren, wißbegierig wie Zefir – wir studierten –«

»Zefir hätte gewiß gerne Philosophie gelehrt«, sagte der Dschinn. »Weder sie noch ich konnten uns damals vorstellen, was sie hätte tun sollen –«

»Und meine Freundin, die ich Susannah nennen will – so hieß sie nicht wirklich, aber ich muß ihr einen Namen geben –, Susannah also hatte immer auf mich gewirkt, als käme sie aus einer vornehmen Familie, aus einem schönen Haus mit kostbaren Gegenständen. Und als ich zur Hochzeit kam, mußte ich feststellen, daß ihr Haus aussah wie das meiner Familie, ein enges Häuschen in einer Reihe identischer Häuser, und sie hatten eine Eckbank und eine Couchgarnitur aus Mokett –«

»Eine Couchgarnitur aus Mokett?« erkundigte sich der Dschinn. »Was für ein Schreckensgegenstand ist das, Ihrer finsteren Miene nach zu schließen?«

»Ich wußte von Anfang an, daß es keinen Sinn hat, Ihnen etwas von meiner Welt zu erzählen. Eine Couchgarnitur ist zu groß für so kleine Räume, sie ist zu schwer, sie nimmt allen Platz weg, sie besteht aus Sesseln und einem Sofa mit Plüschbezug auf einem hellen Teppich mit knalligem Blumenmuster –«

»Sofa«, sagte der Dschinn, der das Wort wiedererkannte, »Teppich.«

»Sie haben keine Ahnung, wovon ich spreche. Ich hätte nie damit anfangen sollen. Alle englischen Geschichten versanden in der Problematik, ob die Möbel sozial und ästhetisch angemessen sind oder nicht. In meinem Fall waren sie es nicht. Das heißt, so kam es mir damals vor. Heute finde ich alles interessant, weil ich mein eigenes Leben lebe.«

»Ereifern Sie sich nicht. Das Haus hat Ihnen nicht zugesagt. Das Haus war klein, und die Couchgarnitur aus Mokett war groß, soviel habe ich begriffen. Ihre Geschichte handelt wahrscheinlich von der Hochzeit und nicht von den Sesseln und dem Sofa.«

»Nicht wirklich. Die Hochzeit verlief wie erwartet. Die Braut trug ein wunderschönes Kleid, wie eine Märchenprinzessin – damals waren Brautkleider im Prinzeßstil Mode, auch ich hatte ein Kleid im Prinzeßstil, ein kurzes Taftkleid in Türkis und Silber mit herzförmigem Ausschnitt –, sie trug mehrere Petticoats und darüber einen Seidenrock und darüber weiße Spitze – und *unzählige* Schleier – und echte Blumen im Haar – kleine Rosenknospen –, in ihrem engen Mädchenzimmer war gar nicht genug Platz für die Unmengen herrlicher Dinge. Sie hatte eine Nachttischlampe mit Peter Rabbit, der eine Möhre ißt. Und die ganzen schimmernden und glänzenden Stoffe. Und am Hochzeitstag sah sie so wunderschön aus, wie aus einer anderen Welt. Ich hatte einen großen Hut mit breiter Krempe, was mir gut stand. Ich nehme an, daß Sie sich die Kleider vorstellen können, aber Sie können sich das Haus, die Wohnung nicht vorstellen.«

»Wenn Sie es sagen, verhält es sich so«, antwortete der Dschinn liebenswürdig. »Warum erzählen Sie mir diese Geschichte? Ich kann mir nicht vorstellen, daß Sie das noch nie jemandem erzählt haben.«

»Am Abend vor der Hochzeit«, sagte Gillian Perholt, »badeten wir zusammen im kleinen Badezimmer ihrer Eltern. Auf den Kacheln waren Fische mit langen Schwänzen und Flossen und mit großen, herzigen Comic-Augen –«

»Comic?«

»Disney. Es tut nichts zu Sache. Wir haben nicht wirklich zusammen gebadet, wir haben uns das Waschbecken geteilt.«

»Oh«, sagte der Dschinn, »sie hat Ihnen ihre Liebe gestanden.«

»Nein«, sagte Dr. Perholt. »Das hat sie nicht. Ich habe mich selbst erkannt. Zuerst im Spiegel, und dann habe ich an mir hinuntergesehen. Und dann habe ich zu ihr geschaut – sie war perlenweiß, ich war eher golden. Und sie war weich und süß –«

»Und Sie nicht?«

»Ich war vollkommen. In jenem Augenblick, als ich aufhörte, ein Mädchen zu sein, und noch keine Frau war, da war ich vollkommen, ohne jede Übertreibung.«

Sie erinnerte sich an den Anblick ihrer kleinen, schwellenden Brüste, an ihren warmen, flachen, muskulösen Bauch, an ihre langen, schlanken Beine und Knöchel, an ihre Taille – ihre Taille –

»Sie sagte zu mir: ›Du wirst einen Mann vor Verlangen wahnsinnig machen‹«, sagte Gillian Perholt. »Und ich war tief in meinem Körper ganz stolz, so stolz wie nie zuvor oder später. Ganz golden.« Sie dachte nach. »Zwei Mädchen in einem Badezimmer in einem Reihenhaus«, sagte sie in tadelndem englischen Ton.

Der Dschinn sagte: »Aber als ich Sie verändert habe, war das nicht Ihr Wunsch, es war nicht das, was Sie geworden sind. Sie sind jetzt sehr attraktiv, sehr begehrenswert, aber nicht vollkommen.«

»Es war erschreckend. Ich war erschrocken. Es war –«, ihr fiel eine völlig unerwartete Wendung ein, »als hätte ich eine Waffe in der Hand, ein scharfes Schwert, mit dem ich nicht umgehen konnte.«

»Ah, ja«, sagte der Dschinn. »Gewaltig wie ein Heer.«

»Aber es hatte nichts mit mir zu tun. Ich war versucht, mich – mich in mich selbst zu verlieben. Meine Schönheit war faszinierend. Aber auch unwirklich. Ich will damit sagen, daß es sie zwar gab, ganz augenscheinlich, und daß ich trotzdem in meinem Kopf wußte, daß sie nicht von Dauer sein würde. Ich schuldete ihr –«, im Weitersprechen versuchte sie Empfindungen auszudrücken, über die sie noch nie nachgedacht hatte, »ich schuldete ihr – eine Art angemessenen Handelns. Und dem konnte ich nicht entsprechen.« Sie stieß einen leisen Seufzer aus. »Ich bin ein Wesen des

Geistes und nicht des Körpers, Dschinn. Auf meinen Geist kann ich aufpassen. Um ihn habe ich mich immer gekümmert.«

»Ist das die ganze Geschichte?« fragte der Dschinn nach einer erneuten Pause. »Eure Geschichten sind sonderbar flüchtige Dinge. Sie ersterben einfach, sie haben keine Form.«

»So ist es – oder war es – in meiner Kultur üblich. Aber meine Geschichte hat noch ein Ende. Sie geht noch ein wenig weiter. Am nächsten Morgen brachte mir Susannahs Vater das Frühstück ans Bett. Ein gekochtes Ei in einem wollenen Eierwärmer, eine kleine Teekanne aus Patentsilber, die in einem Überzug steckte, einem gestrickten Teewärmer, der wie ein Bauernhaus aussah, Toast im Toastgestell, Butter auf einem Butterteller, und das Ganze auf einem kleinen Tablett mit ausklappbaren Beinen, so ähnlich wie die Tabletts, die alte Damen im Altersheim haben.«

»Ihnen mißfiel das – wie hieß dieses Ding um die Teekanne herum? Ihr ästhetisches Empfinden, das sich so vehement äußert, verwahrte sich dagegen?«

»Er lehnte sich plötzlich vor und zog mir das Nachthemd von den Schultern. Er legte seine Hände um meine vollkommenen Brüste«, sagte Dr. Perholt, die fünfundfünfzig Jahre alt war und aussah, als wäre sie fünfunddreißig, »und legte sein trauriges Gesicht zwischen sie – seine Brille war ganz beschlagen und schief, und sein kleiner Schnurrbart kroch über mein Fleisch wie ein Tausendfüßler, und er *schnüffelte* oder *schniefte* zwischen meinen Brüsten und sagte dabei nur: ›Ich kann es nicht ertragen‹, und er drückte seinen Körper an meine Bettdecke – ich begriff nicht richtig, was vor sich ging, die Bettdecke war aus nilgrüner Kunstseide, und er schniefte und zitterte und quetschte meine Brüste mit seinen Händen –, und dann klappte er die Beine des Tabletts aus und stellte das Tablett über meine Beine und ging, um seine Tochter dem Bräutigam zu übergeben – was er mit viel Würde und Charme tat. Und mir war sterbenselend zumute, so als sei mein Körper schuld. Als wäre *das*«, sagte sie wie in plötzlicher Erkenntnis, »Ursache von Schniefen und Schweiß und Couchgarnituren und Kunstseide und Teewärmern –«

»Ist das das Ende der Geschichte?« fragte der Dschinn.

»So würde ein Geschichtenschreiber in meinem Land sie enden lassen.«

»Eigenartig. Und dann sind Sie mir begegnet und haben sich den Körper einer Fünfunddreißigjährigen gewünscht.«

»Das habe ich nicht. Ich habe ihn mir so gewünscht, wie er war, als ich ihn zum letztenmal *gemocht* hatte. Damals mochte ich ihn nicht. Ich verehrte ihn fast wie einen Götzen, aber er machte mir auch angst – dies hier ist *mein* Körper, in dem ich mich wohlfühle, dessen Anblick mir zusagt –«

»So wie der Töpfer, der das vollkommene Gefäß absichtlich mit einem Makel versieht.«

»Vielleicht. Wenn es einen Makel bedeutet, daß man bereits gelebt hat. Die Unwissenheit des Mädchens, das ich war, lastete schwer auf mir.«

»Wissen Sie nun, was Sie sich noch wünschen werden?«

»Oh, Sie wollen Ihre Freiheit erlangen.«

»Nein, es eilt mir nicht damit, ich befinde mich

wohl, ich bin voller Neugier, und ich habe soviel Zeit, wie ich will.«

»Und ich habe im Augenblick alles, was ich mir wünschen kann. Ich mußte über die Geschichte der Königin von Saba nachdenken und über die mögliche Antwort auf die Frage, was sich alle Frauen am sehnlichsten wünschen. Ich will Ihnen die Geschichte der äthiopischen Frau erzählen, die ich im Fernsehkasten sah.«

»Ich bin ganz Ohr«, sagte der Dschinn, der sich auf dem Bettüberwurf ausstreckte und ein wenig schrumpfte, damit er auf das Bett paßte. »Sagen Sie mir, können Sie diesen Kasten verwenden, um alle Orte der Welt nach Belieben zu sehen, Manaus oder Khartum, ganz wie Sie wollen?«

»Nicht ganz, aber teilweise. Das Tennisspiel zum Beispiel war eine Live-Übertragung – so nennen wir es, wenn wir etwas im gleichen Augenblick sehen, wo es passiert – aus Monte Carlo. Aber wir können auch Bilder – Geschichten – machen, die wir uns dann vorspielen. Die äthiopische Frau gehörte zu einer Geschichte – zu einem Film, der für eine Wohltätigkeitsorganisation gemacht worden war; diese Hilfsorganisation hatte in einem äthiopischen Dorf, wo Dürre und Hungersnot herrschten, Nahrungsmittel verteilt, vor allem Kindernahrung, damit die Kinder den Winter überlebten. Und als sie die Nahrungsmittel brachten, filmten sie die Dorfbewohner, den Dorfältesten und die Erwachsenen und die spielenden Kinder, und dann kamen sie ein halbes Jahr später wieder, die Entwicklungshelfer kamen zurück, um die Kinder zu wiegen und um zu sehen, ob die Lebensmittelspenden etwas genützt hatten.«

»Äthiopien ist ein stolzes Land mit stolzen Menschen«, sagte der Dschinn. »Schön und schrecklich. Was sahen Sie in Ihrem Kasten?«

»Die Entwicklungshelfer waren sehr böse – traurig und böse. Der Dorfälteste hatte versprochen, die Nahrung nur an Familien mit kleinen Kindern zu verteilen, weil das Forschungsprojekt solchen Familien galt – ›Projekt‹ bedeutet –«

»Ich weiß. Projektemacher gab es schon immer.«

»Aber der Dorfälteste hatte sich nicht daran gehalten. Es widerstrebte seinen Überzeugungen, manchen Familien Lebensmittel zu geben und anderen nicht, und es widerstrebte den Überzeugungen aller, kleinen Kindern zu essen zu geben und nicht erwachsenen Männern, die auf dem Feld arbeiten konnten, sofern sich etwas anbauen ließ. Und deshalb war die Nahrung an zu viele Menschen aufgeteilt worden – und alle waren noch magerer als zuvor – und einige der Kinder waren gestorben – viele, glaube ich –, und andere waren sehr krank, weil sie nichts bekommen hatten.

Und die Entwicklungshelfer, die Mitarbeiter der Organisation aus Amerika und Europa, waren empört und erregt, und der Kameramann (das ist jemand, der Filme macht) ging mit den Männern, die Lebensmittel bekommen hatten, auf die Felder, wo sie Getreide in der Hoffnung auf Regen gesät hatten – und es hatte sogar ein wenig geregnet –, und sie hielten die Pflänzchen hoch und zeigten dem Kameramann und den Helfern, daß Blattwespenlarven die Wurzeln weggefressen hatten und daß die Ernte vernichtet war. Und die Männer, die mit den verkümmerten Pflänzchen dort auf den Feldern standen, waren völlig verzweifelt.

Sie hatten keine Hoffnung mehr, wußten sich keinen Rat mehr. Wir hatten alle die Hungersnot in unseren Kästen gesehen, verstehen Sie – wir hatten gewußt, was diesen Menschen drohte, und hatten die Lebensmittelspenden geschickt, weil uns bewegt hatte, was wir sahen.

Und dann begab die Kamera sich in eine kleine Hütte, und drinnen im Dunkel waren vier Generationen von Frauen, Großmutter, Mutter und ein junges Mädchen mit seinem Baby. Die Mutter rührte mit einem hölzernen Stecken in einem Topf über dem Feuer – der Inhalt sah aus wie Wassersuppe –, und die Großmutter hockte auf einer Art Bett an der Wand, wo das Dach der Hütte – ein konisches Dach – die Wand berührte. Sie waren furchtbar mager, aber sie lebten noch – sie hatten sich noch nicht aufgegeben, sie hatten noch nicht den Blick, der ins Nichts gerichtet ist, noch nicht die erschlafften Muskeln, die nur mehr den Tod erwarten. Sie waren noch immer schöne Menschen, Menschen mit schmalen Gesichtern und auffallenden Backenknochen und mit würdevollen Bewegungen – so kommt es uns Westlern zumindest vor, sie halten sich aufrecht, erhobenen Kopfes.

Und die Filmleute sprachen mit der alten Frau, und daran erinnere ich mich, weil sie schön war, aber auch weil der Kameramann – oder die Kamerafrau – sie so geschickt aufgenommen hatte; die alte Frau war steif, aber nicht ungelenk, sie hielt einen ihrer langen Arme abgewinkelt über dem Kopf, und ihre Beine lagen auf dem Bett, und der Kameramann hatte ihre Glieder als Viereck aufgenommen, so als wäre sie von ihnen *eingerahmt*, so daß sie aus dem Rahmen ihres eigenen

Körpers sprach, und ihre Augen waren dunkle Löcher, und ihr Gesicht war lang und schmal. Die Ecken des Kastens bildete sie mit ihrem Körper. In englischen Wörtern konnte man auf dem Bildschirm die Übersetzung dessen lesen, was sie sagte. Sie sagte, es gebe keine Nahrung mehr, keine Nahrung mehr und das kleine Mädchen werde verhungern, weil es keine Milch, keine Nahrung mehr gab. Und dann sagte sie: ›Weil ich eine Frau bin, muß ich hier drinnen auf mein Schicksal warten und kann nichts tun, ich wollte, ich wäre keine Frau, dann könnte ich irgend etwas unternehmen –‹, und sie sagte es mit ganz monotoner Stimme. Und draußen stolperten die Männer über die trockenen Akkerfurchen voller Staub und verdorrter Pflanzen in furchtbarer Verzweiflung.

Ich weiß nicht, warum ich Ihnen das erzähle. Ich werde Ihnen etwas anderes erzählen. Ich sollte mir an einem Pfeiler in der Hagia Sophia etwas wünschen, und bevor ich wußte, was ich tat – es war – keine gute Säule –, habe ich mir das gewünscht, was ich mir als Kind immer gewünscht habe.«

»Sie haben sich gewünscht, keine Frau zu sein.«

»Drei verschleierte Frauen haben mich ausgelacht und haben meine Hand in das Loch geführt.

Und ich dachte mir, daß die Königin von Saba Salomon vielleicht gesagt hat, daß es das ist, was sich alle Frauen wünschen.«

Der Dämon lächelte.

»Nein, das war es nicht. Das hat sie nicht gesagt. Nicht direkt.«

»Wollen Sie mir verraten, was sie ihm gesagt hat?«

»Wenn Sie es wünschen.«

»Ich wünsche mir – o nein. Nein, das wünsche ich mir nicht.«

Gillian Perholt sah zu dem Dschinn auf ihrem Bett hinüber. Es war Abend geworden, während sie dasaßen und einander Geschichten erzählten. Etwas wie Licht, wie Glitzern, wie das Glitzern byzantinischer Mosaiken, wo hin und wieder ein Stein schräg eingesetzt ist, damit das Licht sich bricht, schimmerte auf seiner grüngoldenen Haut. Seine Federn hoben und senkten sich, als atmeten sie, silbern und karmesinrot, chrysanthemenbronzen und zitronengelb, saphirblau und smaragdgrün. Sein Geruch hatte etwas leicht Schwefliges, aber auch eine Andeutung von Sandelholz, wie ihr schien, und von etwas Bitterem – vielleicht von Myrrhe, dachte sie, obwohl sie Myrrhe noch nie gerochen hatte, aber sie erinnerte sich an das Weihnachtslied, in dem der Duft von Myrrhe beschrieben wurde –

Mein ist die Myrrhe, ihr bitterer Duft
Kündet vom Leben in Düsternis,
Kummer und Seufzen und Leiden und Tod,
Alles versiegelt im steinernen Grab.

Außen waren seine Schenkel grünlicher, innen goldener und weicher. Er hatte seine Tunika glattgestrichen, aber sie bedeckte seine Blöße nur unzureichend, und Gillian sah sein Geschlecht, das sich wie eine zusammengerollte Schlange aufrichtete.

»Ich wünsche mir«, sagte Dr. Perholt zu dem Dschinn, »ich wünsche mir, daß Sie mich lieben können.«

»Es ist mir eine Ehre«, sagte der Dschinn, »und möglicherweise haben Sie Ihren Wunsch verschwendet, weil es sehr wohl denkbar ist, daß Liebe sich ohnehin eingestellt hätte, da wir zusammen sind und unsere Lebensgeschichten teilen, wie es Liebende zu tun pflegen.«

»Liebe«, sagte Gillian Perholt, »erfordert Großzügigkeit. Ich merkte, daß ich auf Zefir eifersüchtig war, obwohl ich noch nie in meinem Leben auf irgend jemanden eifersüchtig gewesen bin. Ich wollte – aber eigentlich wollte ich Ihnen etwas schenken, ich wollte Ihnen diesen Wunsch schenken –«, sagte sie stotternd. Die großen Augen, vielfarbig grüne Edelsteine, betrachteten sie, und der geschwungene Mund verzog sich zu einem Lächeln.

»Sie geben und Sie binden«, sagte der Dschinn, »wie alle Liebenden. Sie geben sich selbst, was mutig ist und was Sie nie zuvor getan haben, wie mir scheint – und Sie erscheinen mir als über alle Maßen liebenswert. Komm.«

Und ohne einen Muskel bewegt zu haben, fand Dr. Perholt sich nackt auf dem Bett wieder, in den Armen des Dschinns.

Von dieser Liebesbegegnung behielt sie eine Erinnerung, die sowohl genau, an jeder Nervenspitze lokalisierbar, als auch völlig unbeschreiblich war – ganz davon abgesehen, daß es niemanden gab, dem sie hätte beschreiben wollen, wie es ist, von einem Dschinn geliebt zu werden. Jede Liebesvereinigung beinhaltet eine Veränderung der Gestalt – männliche Wesen wachsen wie Bäume, wie Säulen, weibliche erlangen eine Ahnung der Unendlichkeit in den Höhlungen, die sich in ihnen verengen. Doch der Dschinn konnte alles erweitern, sowohl räumlich als auch zeitlich, und es war

Gillian, als schwimme sie endlos auf seinem Körper wie ein Delphin im weiten grünen Meer, als werde sie zu gewölbten Tunneln tief im Gebirge, durch die er drang, durch die er sich ergoß, oder zu Höhlen, in denen er wie zusammengerollte Drachen ruhte. Er konnte ein konzentrierter Punkt des Entzückens an den Stellen ihres gewölbten und entzückten Körpers sein, die das Lustempfinden bündelten, er konnte wie ein kostbarer Schmetterling über sie huschen und sie hier und dort mit einem heißen, trockenen, fast brennenden Kuß leicht berühren, um daraufhin wieder zu einer Landschaft voller Senken und Höhen zu werden, in der sie ruhte und in der sie sich verlor, sich verlor, um von ihm wiedergefunden werden, von ihm, der sie auf der Fläche seiner großen Hand hielt, der sich mit einem Seufzer zusammenzog und schrumpfte und sie, Brust an Brust, Bauch an Bauch, Männlichkeit an Weiblichkeit, gegen sich preßte. Sein Schweiß war wie Rauch, und er murmelte wie eine Wolke von Bienen in vielen Sprachen – sie spürte, daß ihre Haut brannte, ohne zu verbrennen, und einmal versuchte sie, ihm von Marvells Liebenden zu erzählen, die nicht »Welt noch Zeit« genug hatten, doch es gelang ihr nur, ihm ein Verspaar in die grüne Muschel seines Ohrs zu flüstern. »Meine organische Liebe wachsen sollt' / Zu größrem Ausmaß als ein Reich und wachsen langsamer.« Welche Worte der Dschinn lächelnd wiederholte, wobei er ihren Rhythmus für eine besonders köstliche Bewegung seines Körpers benutzte.

Und danach schlief sie. Und erwachte allein in ihrem hübschen Nachthemd zwischen ihren Kissen. Und stand traurig auf und ging ins Bad, wo die Çesm-i-bülbül-Flasche noch immer stand, mit ihren Fingerspuren auf dem feuchten Glas. Sie berührte sie traurig und fuhr mit den Fingern an den weißen Spiralen entlang – ich muß geträumt haben, dachte sie –, und da war der Dschinn, der das Badezimmer ausfüllte wie die äthiopische Frau den Fernsehkasten und der versuchte, seine Körpergröße zu verändern.

»Ich dachte –«

»Ich weiß. Aber wie du siehst, bin ich hier.«

»Wirst du mit mir nach England kommen?«

»Wenn du es verlangst, muß ich es. Aber es würde mir auch gefallen, das zu tun, ich würde gerne sehen, wie die Welt heute beschaffen ist, ich würde gerne sehen, wo du lebst, auch wenn du es nicht beschreibst, als wäre es interessant.«

»Wenn du da bist, ist es interessant.«

Und sie fuhren nach England, die Narratologin, die Flasche und der Dschinn; sie flogen mit British Airways, und die Flasche war in einer Tasche zu Gillian Perholts Füßen in Schaumstoff eingehüllt.

Und als sie ankamen, stellte Dr. Perholt fest, daß auch der Wunsch, den sie zwischen den zwei Leylas an die Adresse der Artemis gerichtet hatte, erfüllt worden war: Sie fand einen Brief vor, in dem sie eingeladen wurde, den Hauptvortrag im Herbst in Toronto zu halten, samt Angebot eines Tickets der Club-Klasse und des Aufenthalts im Xanadu-Hotel, das tatsächlich einen Swimmingpool besaß, ein blaues Becken unter einer gläsernen Kuppel, vierundsechzig Stockwerke über den Küsten des Lake Superior. Und in Toronto war es kalt und klar, und Dr. Perholt machte es sich im Hotelzimmer gemütlich, das geschmackvoll in warmen Farben ausgestattet war, wie sie zu kalten Wintern paßten, kastanienbraun und braun und bernsteingelb mit einem leichten Feuerton. Hotelzimmer haben oft etwas von der Bühnendekoration eines Zauberkünstlers – ihre Wände sind nackte Betonmauern, die weißer Gips bedeckt wie Zuckerguß einen Kuchen, und dann hängen weiche Dinge an festgeschraubten Stangen und Haken, Damast und Gaze; Spiegel in vergoldeten Rahmen und vielarmige Kandelaber, um den Eindruck von Fülle zu schaffen. Aber im Handumdrehen ließe sich alles entfernen und durch ganz andere Farben und Stoffe ersetzen – Chrom statt Messing, Purpur statt Bernsteingelb, weißgetüpfelter Musselin statt goldenem Damast, und diese niegelnagelneue Zeitgebundenheit gehört zum Reiz des Ganzen. Dr. Perholt packte die Flasche aus und öffnete sie, und der Dschinn erschien, nahm Menschengröße an und wedelte mit seinem Flügelumhang, um ihn zu entkrampfen. Dann sauste er aus dem Fenster, um einen Blick auf den See und die Stadt zu werfen, und erklärte ihr bei der Rückkehr, daß sie unbedingt mit ihm über den See fliegen müsse, der unermeßlich groß und kalt sei, und daß der Himmel, die Atmosphäre so voller dahineilender Gesichter und Gestalten sei, daß es ihm schwerfalle, sich hindurchzuschlängeln. Das Gewimmel von Politikern und Popstars in der Luft, von TV-Predigern und Staubsaugern, von wandernden Wäldern und wandernden Wüsten, von pornographischen Hintern und Mündern und Nabeln, von purpurnen Filzdinosauriern und gestörten weißen Hündchen – all das hatte den Dschinn zutiefst betrübt, beinahe depressiv gemacht. Es erging ihm wie jemandem, der es gewohnt war, allein auf einem Kamel Wüsten zu durchreiten oder auf einem Araberhengst durch Savannen zu stürmen, und sich nun mitten in einem unaufhörlichen Verkehrschaos aus Filmstars, Tennisspielern und Schauspielern befand, ganz zu schweigen von den Flugzeugen, die über der Stadt kreisten und ihre Landeerlaubnis erwarteten. Der Koran und das Alte Testament, sagte er zu Dr. Perholt, untersagten, daß man sich ein Bild mache, und diese Präsenzen seien Bilder und seiner Meinung nach außerdem eine Heimsuchung. Die Atmosphäre, so sagte er, sei immer voller unsichtbarer Präsenzen gewesen – unsichtbar für ihresgleichen – und sei es noch. Aber nun mußte man sich um Platz in ihr streiten. Es ist in den Lüften genauso schlimm, sagte der Dschinn, wie in einer Flasche. Ich kann meine Flügel nicht ausbreiten.

»Und wenn du ganz frei wärst«, sagte Dr. Perholt, »wohin würdest du dann gehen?«

»Es gibt ein Land des Feuers, wo meinesgleichen in den Flammen spielen –« Sie sahen einander an.

»Aber damit hat es keine Eile«, sagte der Dschinn sanft. »Ich liebe dich, und ich habe soviel Zeit, wie ich nur will. Und all das Geschnatter und all diese fliegenden Gesichter, auch das ist interessant. Ich lerne viele Sprachen. Ich spreche in vielen Zungen. Hör nur.«

Und er imitierte täuschend ähnlich Donald Duck und danach Helmut Kohls bombastisches Deutsch und danach die Stimmen der Muppets und danach überraschenderweise Kiri Te Kanawa, was zur Folge hatte, daß Dr. Perholts Zimmernachbarn gegen die Wand hämmerten.

Die Konferenz wurde in den Räumlichkeiten der Universität von Toronto abgehalten, efeubehangene viktorianische Gotik. Es war eine Konferenz mit einem gewissen Nimbus, um einen Begriff zu verwenden, der selbst im Begriff steht, seine erste Bedeutung, die von Heiligenschein, Gloriole, gänzlich zugunsten der zweiten, weltlichen, von Ruhm und Ansehen zu verlieren. Die französischen Narratologen Todorov und Genette waren da, und es waren auch verschiedene Orientalisten gekommen, die vor westlicher Sentimentalität und Verdreherei auf der Hut waren. Gillian Perholts Vortrag hatte den Titel »Wunscherfüllung und narratives Schicksal: Einige Aspekte der Wunscherfüllung als eines narrativen Mittels«. Sie hatte ihn erst spät in der letzten Nacht abgeschlossen. Sie hatte es noch nie fertiggebracht, ihre Vorträge anders als in letzter Minute und unter Zeitdruck zu formulieren. Nicht daß sie nicht seit langem über das Thema nachgedacht hätte – ganz im Gegenteil. Sie hatte lange und sorgfältig nachgedacht, während die Çesm-i-bülbül-Flasche vor ihr stand wie ein Heiligenbild mit ihren blauen und weißen Spiralen, die einander umschlangen und umkreisten und sich zur Öffnung hin verjüngten. Sie hatte ihren eigenen kräftigen, hübschen und neuen Fingern zugesehen, wie sie über die Seite eilten, und hatte ihre geschmeidigen Bauchmuskeln bewegt. Sie hatte sich um Genauigkeit bemüht. Und dennoch hatte sie, als sie sich erhob und zu sprechen beginnen wollte, den Eindruck, als hätte ihr Thema sich ihren Händen entwunden wie eine verzauberte Flunder, die ins Meer zurückgelangen will, wie eine Wünschelrute, die mit ihrer eigensinnigen Kraft zu Boden deutet, wie ein

Blitzableiter, der zittert, weil er die elektrische Spannung in der Luft aufnimmt.

Wie gewöhnlich hatte sie versucht, das Erzählen einer Geschichte in ihren Vortrag einzuflechten, und diese Geschichte hatte offenbar bewirkt, daß der Vortrag sich dem Thema entwunden hatte. Es wäre nur ermüdend, ihre Darlegung im ganzen nachzuzeichnen, da ihr Verlauf sich aus ihrem Anfang erraten läßt.

»Personen in Märchen«, sagte Gillian, »unterliegen dem Schicksal und begegnen ihrem Schicksal. Bezeichnenderweise versuchen sie, dieses Schicksal durch magisches Einwirken auf seine Macht abzuwenden, und nicht weniger bezeichnenderweise verstärkt diese versuchte Einflußnahme nur den Zugriff des Schicksals, das die Protagonisten erwartet – möglicherweise nichts anderes als der Umstand, daß sie sterblich sind und zu Staub werden müssen. Die unverhüllteste und eindeutigste Fassung dieser Erzählform ist die Geschichte von der Verabredung in Samarra – die Geschichte von dem Mann, der dem Tod begegnet, der ihm erzählt, daß er am Abend mit ihm verabredet sei, um ihn zu holen, und der Mann flieht nach Samarra, um dem Tod zu entgehen; und der Tod sagt zu einem Bekannten, wie merkwürdig die Eile des Mannes gewesen sei, ›da ich am Abend mit ihm in Samarra verabredet war‹.

In jüngerer Zeit handelten Romane von Wahl und Motivation. Etwas von der unausweichlichen Folgerichtigkeit Samarras haftet auch Raskolnikows ›aus freiem Willensentscheid begangenen‹ Mord an, da diese Tat eine gänzlich vorhersagbare und konventionelle Rache auslöst. Im Fall von George Eliots Dr. Lydgate hingegen haben wir keineswegs den Eindruck, daß die ›Flecken der Gewöhnlichkeit‹ auf seiner Natur in ähnlicher Weise Instrumente eines unausweichlichen Schicksals wären: Er hätte ebensogut Rosamund *nicht* heiraten und seine Zukunft und seinen Ehrgeiz nicht zugrunde richten können. Wenn Proust sich entscheidet, *allen* seinen Figuren sexuelle Perversionen nachzuweisen, haben wir den Eindruck, daß er die Wünsche des Romanciers an die Stelle des Schicksals im wahren Leben setzt; und dennoch – wenn Swann Jahre seines Lebens um einer Frau willen vergeudet, die ihm nicht einmal wirklich gefiel, traf er eine Entscheidung, die zu treffen möglich, aber nicht unvermeidlich war. Die Emotion, die wir in Märchen spüren, wenn den Personen ihre Wünsche erfüllt werden, ist eine sonderbare Empfindung. Wir empfinden sowohl das unerwartete Moment der Freiheit – ich kann haben, was ich will – als auch die entgegengesetzte Gewißheit, daß dies nichts ändern wird, daß das Schicksal unausweichlich feststeht.

Ich möchte Ihnen eine Geschichte vortragen, die mir in der Türkei von einem Freund erzählt wurde – dort leitet man Geschichten mit den Worten *bir var mis, bir yok mis* ein, vielleicht ist es wahr, vielleicht auch nicht, setzt man das Paradoxe an ihren Anfang.«

Sie sah auf, und neben der stattlich aussehenden Gestalt Todorovs saß jemand in einer Schaffelljacke, dessen großen Kopf eine Mähne weißer Haare krönte. Er war vorher nicht dagewesen, und die weiße Mähne sah aus wie eine Perücke, was den Neuankömmling im Verein mit blauen Brillengläsern auf albernste Weise verkleidet aussehen ließ. Gillian wollte es scheinen, als erkenne sie den Schwung seiner Oberlippe, die vor ihren Augen die Form veränderte, sobald sie diesen Gedanken dachte, und trotzig dünn und schmal wurde. In die Augen konnte sie nicht sehen: Sobald sie es versuchte, wurden die Brillengläser in ihrem abweisenden Glitzern fast saphirblau.

»In den Zeiten, als Kamele von Dach zu Dach flogen«, begann sie, »und als Fische in Kirschbäumen nisteten und als Pfauen so groß wie Heuhaufen waren, da lebte ein Fischer, der so arm war, daß er gar nichts besaß, und der obendrein kein Glück beim Fischen hatte, denn er fing nie etwas, obwohl er sein Netz wieder und wieder in einem großen See voller Wasserpflanzen und guten Wassers auswarf. Und er sagte sich: Noch einmal will ich es probieren, und wenn ich wieder nichts im Netz habe, werde ich dieses Gewerbe aufgeben, das mir nichts einbringt, und mich darauf verlegen, am Wegrand zu betteln. Und er warf sein Netz aus, und es wurde schwer, und als er es einholte, enthielt es etwas Nasses, Bewegliches und Übelriechendes, was sich als toter Affe herausstellte. Und er sagte sich: Immerhin ist es nicht gar nichts, und er grub im nassen Sand ein Loch und begrub darin den Affen und warf sein Netz zum zweiten und zweiten letztenmal aus. Und auch diesmal war es voll, und diesmal bewegte es sich unter Wasser heftig. Und er holte es voller Hoffnung ein, und es enthielt einen zweiten Affen, eine sterbende, zahnlose Kreatur voller Wunden und Schorf, die beinahe ebenso abscheulich roch wie der erste Fang. Nun gut, sagte der Fischer, ich könnte dieses Geschöpf herausputzen und es einem Straßenmusikanten verkaufen – eine Aussicht, die ihm nicht gefiel. Und der Affe sagte zu ihm: Wenn du mich verschonst und nochmals dein Netz auswirfst, wirst du meinen Bruder fangen. Und wenn du nicht auf seine Bitten hörst und dein Netz nicht wieder auswirfst, dann wird er bei dir bleiben und dir jeden Wunsch erfüllen, den du haben kannst. Freilich gibt es einen Haken bei der Sache, so ist es immer, aber es ist nicht an mir, dir zu verraten, worin er besteht.

Diese begrenzte Ehrlichkeit gefiel dem Fischer, der den abgemagerten Affen ohne viel Aufhebens aus dem Netz befreite und das Netz wieder auswarf, und das Netz begann so heftig zu zerren, wie man es sich nur wünschen konnte, und der Fischer mußte seine ganze Kraft aufbringen, um es an Land zu ziehen. Und tatsächlich enthielt es einen Affen, einen überaus großen, glänzenden, *schimmernden* Affen, der – darauf insistierte mein Freund – ein überaus schönes Hinterteil besaß, das sich durch eine Färbung auszeichnete, die halb sehr helles, zartes Blau war, halb tiefes Rosenrot mit mohnroten Äderungen.«

Sie riskierte einen Blick zu den saphirblauen Brillengläsern, um sich zu vergewissern, ob sie sich gut ausgedrückt hatte, und der Besitzer der Brille nickte knapp.

»Und der neue Affe sagte zum Fischer, wenn er ihn freilasse und sein Netz erneut auswerfe, werde er einen unermeßlich großen Schatz heben sowie einen Palast und ein Heer von Sklaven und niemals wieder Armut kennen. Der Fischer erinnerte sich jedoch an die Warnung des mageren Affen und sagte zu dem neuen Affen: ›Ich wünsche mir ein neues Haus am Strand dieses Sees, und ich wünsche mir ein Kamel, und ich wünsche mir ein Festmahl – nicht allzu üppig –, das in diesem Haus vorbereitet sein soll.‹

Und all diese Dinge erschienen sogleich, und der Fischer bot den beiden Affen an, am köstlichen Festmahl teilzunehmen, und sie nahmen sein Angebot an.

Und er war ein Fischer, der zu seiner Zeit viele Geschichten zu hören bekommen hatte, und er war von seiner Neigung her analytisch gesinnt, und er dachte, die Gefahr des Wünschens liege darin, daß man zu anmaßend oder zu unbedacht sein konnte. Es lag ihm nichts daran, sich in einer Welt wiederzufinden, wo alles aus Gold bestand und nicht eßbar war, und er hatte den starken Eindruck, daß die unablässige Gesellschaft von Huris und der unablässige Genuß von Scherbett oder Champagner merkwürdig ermüdend sein müßten. Und deshalb wünschte er sich ganz bescheiden dies und jenes, einen Laden voller Kacheln, die er verkaufen konnte, und einen Gehilfen, der etwas von Kacheln verstand und ehrlich war, einen Garten mit Zedernbäumen und Springbrunnen, ein kleines Haus samt Dienstmädchen für seine alte Mutter und zuletzt eine kleine Ehefrau, wie seine Mutter sie für ihn ausgewählt hätte, die zwar nicht so schön wie Sonne und Mond war, aber dafür herzlich und liebevoll und trostreich. Und so wünschte er weiter, ganz gemächlich, und schuf sich eine Welt, die dem friedlichen ›Und so lebten sie bis ans Ende ihrer Tage‹ außerhalb von Märchen weit mehr ähnelte als der hektischen Welt der Wünsche, die vom Grimmschen Fisch oder von Aladins Dschinn erfüllt werden. Und niemandem fiel sein glückliches Los wirklich auf, und niemand neidete es ihm oder versuchte es ihm abspenstig zu machen, da er so verschwiegen darüber waltete. Und wenn er – oder seine kleine Frau – erkrankte, so wünschte er die Krankheit fort, und wenn man ihn mit harten Worten bedachte, so wünschte er, sie zu vergessen, und er vergaß sie.

Und Sie werden sich fragen: Worin besteht der Haken?

Er besteht darin: Der ehemalige Fischer merkte, daß der große, schimmernde Affe jedesmal, wenn er einen Wunsch tat, kleiner wurde – zu Anfang langsam und dann immer schneller. Zuerst war es nur ein Zentimeter hier und dort, und dann war es immer mehr, so daß der Affe auf einen Berg von Kissen gesetzt werden mußte, um zu essen, und zuletzt so klein wurde, daß man ihn auf dem Eßtisch auf einen kleinen Hocker setzte, wo er sein Zwergenmahl aus einem Salzfäßchen zu sich nahm. Der magere Affe war seit langem seiner Wege gegangen und kam von Zeit zu Zeit zu Besuch – er sah nun wieder ganz gesund aus, normal behaart, hatte ein normal blaues Gesäß, nichts besonders Aufregendes. Und der Fischer sagte zu dem mageren (ehemals mageren) Affen:

›Was wird geschehen, wenn ich wünsche, daß er wieder größer wird?‹

›Das kann ich nicht sagen‹, erwiderte der Affe. ›Das heißt, ich will es nicht sagen.‹

Und in der Nacht hörte der Fischer, wie die zwei Affen sich unterhielten. Der magere Affe hielt den schimmernden Affen in der Hand und sagte voller Trauer: ›Es steht schlecht um dich, mein armer Bruder. Du wirst bald dahinschwinden; nichts wird von dir übrigbleiben. Es ist traurig, dich in solch einer Verfassung zu sehen.‹

›Es ist mein Schicksal‹, sagte der einst größer gewesene Affe. ›Es ist mein Schicksal, an Macht zu verlieren und zu schrumpfen. Eines Tages werde ich so klein sein, daß ich unsichtbar sein werde, und der Mann wird mich nicht mehr sehen können, um irgendwelche Wünsche zu tun, und ich werde ein Sklavenaffe von der Größe eines Pfeffer- oder Sandkorns sein.‹

›Zu Staub werden wir alle‹, sagte der magere Affe salbungsvoll.

›Aber nicht so erschreckend schnell‹, sagte der Zauberaffe. ›Ich tue, was ich kann, aber ich werde einfach aufgebraucht. Es ist schwer zu ertragen. Ich wollte, ich wäre tot, aber meine eigenen Wünsche werden ja nicht erfüllt. Oh, es ist hart, es ist hart, hart.‹

Und bei diesen Worten erhob sich der Fischer, der ein gutherziger Mann war, von seinem Bett und ging in das Zimmer, wo die zwei Affen sich unterhielten, und sagte: ›Ich habe euer Gespräch unwillentlich mitangehört, und es zerreißt mir das Herz. Was, o Affen, kann ich tun, um euch zu helfen?‹

Und sie blickten ihn mürrisch an und schwiegen verdrossen.

›Ich wünsche mir‹, sagte er daraufhin, ›daß ihr den nächsten Wunsch für euch verwendet, wenn das möglich ist, und euch wünscht, was euer Herz begehrt.‹

Und er wartete ab, um zu sehen, was geschah.

Und beide Affen verschwanden, als hätte es sie nie gegeben.

Doch das Haus und die Ehefrau und das einträgliche Geschäft verschwanden nicht. Und der Fischer lebte weiterhin so glücklich wie nur möglich – auch wenn er nunmehr den gewöhnlichen Plagen des Sterblichen unterworfen war wie wir alle – bis an sein seliges Ende.

Im Märchen«, sagte Gillian, »führen Wünsche, die erfüllt werden und nicht Böses oder Vernichtung bezwekken, zu einem Zustand wunderbarer Starre, einem Kunstwerk ähnlicher als dem Schauspiel des Schicksals. So, als hätte sich der Glückliche vom steinigen Pfad in eine unveränderliche Landschaft hineinbegeben, wo stets Frühling ist und nie ein Windhauch geht. Aladins Dämon schenkte ihm einen prächtigen Palast, und solange dieser Palast dem Schicksal unterworfen ist, bewegen ihn verschiedene Zauberer heftig umher, bauen ihn neu auf und lassen ihn verschwinden. Zuletzt jedoch geht er in Stasis über: in die Scheinewigkeit des ›Und wenn sie nicht gestorben sind, dann leben sie noch heute‹. Bei einer solchen Vorstellung fallen uns Kunstwerke ein – ein Familienphoto, das an einem sonnigen Tag aufgenommen wurde, eine Gainsborough-Dame mit ihren Kindern unter einem Baum auf einer englischen Wiese, ein Zauberschloß mit Schneesturm in seiner Glaskugel. Oscar Wildes Genialität bestand darin, Mensch und Kunstwerk den Platz tauschen zu lassen. Dorian Gray lächelt unverändert in ewiger Jugend, während sein Bildnis sein Schicksal erleidet, ein schreckliches Schicksal, das des zunehmend beschleunigten Verfalls. Die Geschichte von Dorian Gray und auch Balzacs Geschichte von der *peau de chagrin*, dem schrumpfenden Stück Eselshaut, das das Schicksal eine Zeitlang in Schach hält, sind anderen Geschichten von der Suche nach ewiger Jugend verwandt. Heute besitzen wir Mittel, um eine Art Scheinstasis zu erlangen, Prothesen und

Wachstumshormone, Schönheitschirurgie und Haarimplantate, wir können aus Menschen Kunstwerke oder zumindest etwas Künstliches machen. Der harte und herausfordernde Blick einer Joan Collins oder Barbara Cartland ist das Sinnbild unseres Verlangens nach solcherart beschaffener Ewigkeit.

Die Geschichte von den drei Affen erinnert mich an das, was Freud über das Ziel allen Lebens gesagt hat. Neben allem anderen war er ein großer Erforscher unserer Sehnsüchte, unseres Wunsches nach dem ›Und wenn sie nicht gestorben sind . . .‹. Er untersuchte unsere Träume, die Wunscherfüllung in der Erzählung unserer Träume. Er war der Ansicht, daß wir im Traumerleben unsere Geschichten so arrangieren, daß sie glücklich ausgehen, je nach den spezifischen geheimen Bedürfnissen. (Er erhob nicht den Anspruch zu wissen, was Frauen sich wirklich wünschen, und dieses Unwissen färbt und verändert seine Geschichten.) Und dann entdeckte er in den wiederholten Todesträumen der Heimkehrer aus dem Ersten Weltkrieg ein Erzählmuster, das mit dem Verlangen nach Glück, nach Wunscherfüllung nicht übereinstimmte. Er entdeckte, wie es ihm schien, den Wunsch nach Vernichtung, den Todestrieb. Er überdachte die Geschichte allen organischen Lebens auf der Erde und kam zu dem Schluß, daß die Instinkte oder Triebe, die er organische nannte, von Natur aus *konservativ* sind – sie reagieren auf Stimuli, indem sie durch Anpassung soweit wie möglich ihren ursprünglichen Zustand zu erhalten suchen. ›Der konservativen Natur der Triebe widerspräche es‹, sagte Freud, ›wenn das Ziel des Lebens ein noch nie erreichter Zustand wäre.‹ Nein, sagte er, was wir anstreben, muß zwangsläufig ein *alter* Zustand sein. Das Organische ist bestrebt, auf Umwegen wieder in das Anorganische – den Staub, das Gestein, die Erde – einzugehen, dem es ursprünglich entstammt. ›*Das Ziel alles Lebens ist der Tod*‹, sagte Freud in seiner Schöpfungsgeschichte, in der die Schöpfung danach strebt, den Zustand wiederzuerlangen, den sie innehatte, bevor ihr Leben eingehaucht wurde, den Zustand, in dem das Schrumpfen des Chagrinleders, das Schwinden des Affen nicht das schreckliche Verhängnis ist, das der Lebenskraft droht, sondern ihr geheimer Wunsch.«

Das war nicht alles, was sie sagte, aber es war die zweite Stelle ihres Vortrags, an der sie ein Aufblitzen der saphirblauen Brillengläser bemerkte.

Es wurden viele Fragen gestellt, und Gillians Vortrag wurde als sehr gelungen, wenngleich etwas wirr beurteilt.

Abends im Hotelzimmer machte sie dem Dschinn Vorwürfe.

»Du hast meinen Vortrag durcheinandergebracht«, sagte sie. »Es war ein Vortrag über Schicksal und Tod und Wünsche, und du hast die Freiheit von Zauberaffen hineingebracht.«

»Wieso durcheinandergebracht?« sagte der Dschinn. »Wir alle unterliegen dem Gesetz der Entropie. Die Macht nimmt ab, ob sie auf Zauberkünsten beruht oder aus Nerven und Muskeln gespeist ist.«

Gillian sagte: »Ich bin jetzt bereit, meinen dritten Wunsch zu tun.«

»Ich bin ganz Ohr«, sagte der Dschinn und vergrößerte die entsprechenden Körperteile kurzzeitig auf das Ausmaß von Elefantenohren. »*Don't worry*, Dschil-yan, *be happy*.«

»Wo hast du denn das aufgeschnappt? Ist auch egal. Man sollte fast meinen, du wolltest meinen Wunsch verhindern.«

»Nein, nein. Ich bin dein Sklave.«

»Ich wünsche«, sagte Gillian, »ich wünsche, daß du haben kannst, was du dir wünschst – daß dieser letzte Wunsch dein Wunsch ist.«

Und sie erwartete Donnerhall oder – schlimmer – die Stille der Abwesenheit, aber statt dessen hörte sie das Geräusch von splitterndem Glas. Und sie sah, wie ihre Flasche, die Flasche aus Nachtigallenaugenglas, die auf der Glasplatte des Nachttischs stand, sich zu Tränen auflöste, nicht in scharfe Splitter, sondern in einen kegelförmigen Haufen kleiner kobaltblauer Murmeln, jede mit einer weißen Spirale im Inneren.

»Danke«, sagte der Dschinn.

»Gehst du nun?« fragte die Narratologin.

»Bald«, sagte der Dschinn. »Nicht gleich, nicht sofort. Vergiß nicht, daß du auch gewünscht hast, ich möge dich lieben, und das tue ich. Ich will dir zum Andenken ein Geschenk machen – bis ich wiederkomme – was ich von Zeit zu Zeit tun werde –«

»Wenn du daran denkst, zu meiner Lebenszeit wiederzukommen«, sagte Gillian Perholt.

»Wenn ich daran denke«, sagte der Dschinn, dessen Körper in ein Gewand aus flüssigem blauen Feuer gehüllt zu sein schien.

In dieser Nacht liebkoste er sie so wundervoll, daß sie

sich fragen mußte, wie sie auf die Idee hatte kommen können, ihn gehen zu lassen, und wie sie es hatte wagen können, ein solches Wesen in Primrose Hill oder in Hotelzimmern in Istanbul und Toronto gefangenzuhalten.

Und am nächsten Morgen erschien er in Jeans und einer Schaffelljacke und sagte, er wolle mit ihr spazierengehen und nach einem Geschenk Ausschau halten. Diesmal bestand seine Frisur – noch immer wenig glaubwürdig – aus einem Schopf von Dreadlocks, und seine Hautfarbe neigte zum Äthiopischen.

In einem kleinen Laden in einer Seitenstraße zeigte er ihr die herrlichste Sammlung moderner Briefbeschwerer, die sie je gesehen hatte. Es ist ein neuerer kanadischer Kunstgewerbezweig; manche Künstler verstehen es, ein schäumendes, wogendes, geometrisches Meer einzufangen, das nur in einem bestimmten Winkel zu sehen ist und das dann in seinen goldbestäubten Partikeln durchsichtig glitzert; manche verstehen es, eine rote und blaue Flamme oder einen flackernden kobaltblauen und smaragdgrünen Kegel, der sich ins Unendliche erstreckt und das eigene Spiegelbild berührt, in eine kühle Glaskugel einzuschließen. Glas besteht aus Staub, aus Silikat, aus Wüstensand, in einem Feuerofen geschmolzen und durch Menschenatem in seine feste Form geblasen. Es ist Feuer und Eis, es ist flüssig und fest, es ist da, und es ist nicht da.

Der Dschinn legte Dr. Perholt eine große, leicht gewölbte Kugel in die Hand, eine Kugel, in der farbige Streifen wie Kommata, wie Angelhaken, wie Feuerwerksspuren, wie schlafende Embryos, wie farbige Rauchfetzen, wie sich entrollende Schlangen zwischen

Luftblasen schwebten. Sie hatten alle Farben – Golden und Gelb, Hellblau und Dunkelblau, ein köstliches Zartrosa, Karmesin, samtenes Grün, eine Fülle wirbelnder Bewegung. »Wie fließender Samen«, sagte der Dschinn poetisch. »Voller ewiger Möglichkeiten. Es ist ein Kunstwerk, ein großes Zeugnis der Handwerkskunst, etwas überaus Erfreuliches, gefällt es dir?«

»O ja«, sagte Dr. Perholt. »Ich habe noch nie so viele Farben in einer Farbe gesehen.«

»Es heißt ›Tanz der Elemente‹«, sagte der Dschinn. »Das ist wahrscheinlich nicht ein Titel nach deinem Geschmack, aber er paßt, finde ich. Oder nicht?«

»Ja«, sagte Dr. Perholt, die traurig war und zugleich das Gefühl hatte, daß alles so war, wie es sein sollte.

Der Dschinn sah zu, wie der Briefbeschwerer in leuchtend pinkfarbenes Seidenpapier eingewickelt wurde, und bezahlte mit einer regenbogenfarbenen Kreditkarte, die ein Hologramm der Venus von Milo zierte und die in der Elektronik des Lesegeräts ein schier unendliches Surren auslöste.

Auf dem Bürgersteig sagte er: »Auf Wiedersehen. Bis zum nächsten Mal.«

»Zu den Elementen«, sagte Dr. Perholt, »sei frei und gehabe dich wohl.«

Sie hatte vorgehabt, das eines Tages zu sagen, seit sie zum erstenmal vom Badezimmer aus seinen gigantischen Fuß erblickt hatte. Sie stand da und hielt ihren Briefbeschwerer in der Hand. Und der Dschinn küßte ihre Hand und verschwand wie eine riesige Wolke von Bienen zum Lake Superior hin, und auf dem Bürgersteig hinterließ er eine Schaffelljacke, die langsam schrumpfte, zu Kindergröße, zu Puppengröße, zu Miniaturgröße, zu ein paar wehenden Stäubchen, und dann verschwunden war. Und er hinterließ einen wehenden Haufen Dreadlocks, der wie ein seltsamer Igel dalag, sich bewegte, ein paar Meter weit lief und in einen Gully entschwand.

Und sah sie ihn jemals wieder? werdet ihr euch fragen. Und vielleicht ist das auch nicht die Frage, die euch am meisten beschäftigt, aber es ist die einzige, auf die ihr eine Antwort bekommt.

Vor zwei Jahren ging sie während eines Zwischenaufenthalts auf dem Weg zu einer Narratologenversammlung in British Columbia in New York die Madison Avenue entlang – noch immer mit dem Aussehen einer gesunden Fünfunddreißigjährigen – und sah ein Schaufenster voller Briefbeschwerer. Es waren keine Kunstwerke wie die der Kunsthandwerker in Toronto, die mit Farbe und Material spielen, Bänder und Schleier, Flecken und die Illusion von Bewegung herbeizaubern, sondern es waren ungebrochen altmodische Glasarbeiten: Millefiori, Netzmuster, Kronen und Röhren, die Rosen und Veilchen, Eidechsen und Schmetterlinge enthielten. Dr. Perholt betrat den Laden mit glitzernden Augen – glitzernd wie Glas –, und im dunklen Inneren des Geschäfts waren zwei reizende ältere Herren, glückliche Menschen in einer Höhle voll glänzender Juwelen, die eine halbe Stunde lang mit unendlicher Geduld für Dr. Perholt Kugel um Kugel von den Glasregalen holten, die die Kugeln widerspiegelten, und mit ihr zusammen das zarte weiße Flechtwerk bewunderten, das kornblumenblaue Sträuße enthielt, und die vielfarbigen Arrangements geometrischer Blumen, so liebreizend, wie es das Paradies in seiner leuchtenden Frische gewesen sein muß, mit einer Farbigkeit, die nie verblassen konnte, die nie aus ihrem strahlenden Element in die graue Luft geraten konnte.

Oh, *Glas*, sagte Dr. Perholt zu den zwei älteren Herren, es ist nicht zu glauben, es ist nur eine materielle Metapher, es ist ein Medium, um zu sehen, und zugleich das Gesehene. Es ist das, was das Wesen der Kunst ausmacht, sagte Dr. Perholt zu den zwei Männern, die die Kugeln aus rotem, blauem und grünem Licht auf den sichtbaren und unsichtbaren Regalen bewegten.

»Mir gefallen die geometrischen Blumenmuster am besten«, sagte Dr. Perholt. »Besser als die realistisch intendierten Motive, die echt wirken sollen, finden Sie nicht auch?«

»Alles in allem ja«, sagte einer der beiden. »Alles in allem ist die Gesamtwirkung bei den geometrischen Mustern besser. Aber haben Sie diese hier gesehen? Das sind amerikanische Briefbeschwerer.«

Und er reichte ihr einen Briefbeschwerer, in dem eine kleine Schlange zusammengerollt auf einer Wasseroberfläche mit Wasserlinsen lag – eine Schlange, deren Zunge aus einem Glasfädchen züngelte und in deren olivfarbenem, aufmerksamem und ruhigem Kopf ein mikroskopisch kleines rotbraunes Auge erkennbar war. Und er reichte ihr einen Briefbeschwerer, in dessen Glasmasse eine Blume schwamm, als wäre das Glas das tiefe Wasser einer Quelle – eine Blume mit rosigen Blütenblättern und einem weißen Kelch, mit grünem Stengel, langen Blättern, die im Wasser wehten, und mit einer Wurzel, die ihre eigenen braunen

Säfte und die Erde, aus der sie kam, befleckten und sprenkelten, einer Wurzel, deren feine Haarwürzelchen und Ranken sich im gläsernen Medium verloren. Es war vollkommen, weil die Illusion beinahe vollkommen war und weil die Nähe zum lebendigen Original so groß war, daß die unsterbliche künstliche Pflanze ebenfalls vollkommen erschien. Und Gillian dachte an Gilgamesch und an die verlorene Blume und an die Schlange. Hier waren sie nebeneinander, in der Schwebe.

Sie wendete den Briefbeschwerer in der Hand und legte ihn zurück, weil er schockierend teuer war.

Beinahe geistesabwesend bemerkte sie, daß auf dem Rücken der Hand, die den Briefbeschwerer hielt, ein neuer Altersfleck sichtbar war. Er hatte eine hübsche Farbe wie trockenes Laub.

»Ich wünschte –«, sagte sie zu dem Mann hinter dem Kasten aus Glasregalen.

»Sie hätten gern die Blume«, sagte eine Stimme hinter ihr. »Und die Schlange auch, warum nicht? Ich werde sie Ihnen schenken.«

Und da war er, hinter ihr, diesmal in einem dunklen Mantel, mit einem weißen Schal und einem großen, breitkrempigen Hut und der saphirblauen Brille.

»Was für eine angenehme Überraschung, Sie wieder einmal zu sehen, Sir«, sagte der Ladenbesitzer und streckte die Hand aus, um die regenbogenfarbene Kreditkarte mit der Venus von Milo in Empfang zu nehmen. »Immer unerwartet, immer willkommen, *immer* willkommen.«

Und Dr. Perholt trat mit einem dunkelgoldenen Mann und mit zwei Briefbeschwerern, einer Schlange und einer Blume, auf die Madison Avenue. Es gibt Dinge auf der Erde, Dinge von Menschenhand und Dinge, nicht von Menschenhand geschaffen, die ein anderes Leben leben als wir, die länger leben als wir und unseren Lebensweg in Geschichten kreuzen, in Träumen und zu bestimmten Zeiten, wenn wir uns *floating redundant* befinden. Und Gillian Perholt war glücklich, weil sie in die Welt dieser Dinge zurückgefunden oder zumindest Zugang zu ihr gefunden hatte, wie sie es als Kind gekannt hatte. Sie sagte zu dem Dschinn:

»Wirst du bleiben?«

Und er sagte: »Nein. Aber ich werde wahrscheinlich wiederkommen.«

Und sie sagte: »Wenn du daran denkst, zu meiner Lebenszeit wiederzukommen.«

»Wenn ich daran denke«, sagte der Dschinn.

Danksagung

Ich danke Cevat Çapan für seine Hilfe in allem, was das Türkische betrifft, für die Einführung in Çesm-i-bülbül und für das, was er mir über Dschinnen erzählt hat, und ich danke Abdulrazak Gurnah dafür, daß er mich auf die Absonderlichkeit des dritten Dämons in der Geschichte von Prinz Kamarelzaman aufmerksam gemacht hat. Außerdem danke ich Peter Carraciolo, dessen Begeisterung für *Tausendundeine Nacht* ansteckend ist. Robert Irwins großartiges Buch *The Arabian Nights: A Companion* erschien, als ich mein Märchen schrieb, und hat es in manchem beeinflußt. Das Literature Department des British Council hat meine Sicht der Welt verändert, indem es mich an viele Orte sandte. Und es gab da einen gewissen Führer in einem Museum in Ankara . . .